未完成な世界で、今日も君と息をする。

如月深紅

STARTS
スターツ出版株式会社

記憶を失くした〝あの日〟から、わたしの世界は息が詰まるように苦しかった。
逃げ出したくて仕方なかった。

――君が好きなのは、きっと今のわたしじゃない。
わたしは、みんなが好きだった過去のわたしに勝てない。
君が好きだった、過去のわたしに。

――俺は二回、キミのことを好きになった。
だけど、君は過去のわたしも今のわたしも受け入れてくれた。
迷わず手を差しのべてくれたのは君だった。
君のとなりではじめて、ちゃんと息ができた気がしたんだ。

目次

未完成な世界で、今日も君と息をする。

一．君が切りとる世界

八月十七日。十七歳の誕生日。

——それがわたしの生まれた日だ。

不規則なリズムで足を進める。

肩に圧をかける鞄《かばん》。歩くたびに音を鳴らすローファー。胸元で揺れるリボン。

昇降口に足を踏み入れた途端、ぞわっと身体《からだ》の内側から不快な何かに包まれる感覚がした。息の通り道が狭《せば》められて、鼓動が耳の近くで鳴り響いている。

ここは、息苦しい世界の入り口。

自由と束縛《そくばく》を分かつように、毎日わたしを待ち構えている。

いつもは朝早く登校しているけれど、昨日は日曜日だったので、明日から学校が始まると思うと不安でなかなか寝つくことができずに、その結果寝坊してしまった。

人で溢《あふ》れ返る昇降口に吐き気をもよおしながら、下駄箱に靴《くつ》を押し込んだ。

学校という場所は息苦しい。

着心地が悪くて動きにくい制服は、ここに自由はない、と伝えてくるような気がした。

事実、この世界にわたしの居場所なんて、どこにもない。

ずっとずっと、肺ではないどこかで、口ではないどこかから、息をしている。

あの日から、わたしの中の呼吸は、そんな感覚だった。

息を吸って、吐く。

そんな当たり前のことができなくなったのは、〝わたし〟が生まれてから、ずっとだ。

「おはよう葉瀬《はせ》さん」

「お、おはよう……ございます」

急に横から飛んできた、クラスメイトからの挨拶《あいさつ》。できるだけ声が震えないように気をつけながら、挨拶を返した。

にこ、とどこかつくりもののような笑顔を見せた彼女は、そのままいつもの女子の輪の中へ。

機械的な挨拶のあと、彼女がわたしのほうを向くことは一度もなかった。

息を吐いて、目を閉じて、周りの騒音を遮断《しゃだん》する。

ぐるぐる、ぐるぐる。

立っていた地面が溶けていって、暗くて深いところへと嵌《は》まっていくような感覚がした。底なし沼、ってこういうことを言うのかもしれない。

何かに引っかかることもなく、海底に沈んでいくみたいに、ゆっくり、ゆっくり。

そして、静かに。

もがけばもがくほど手足が取られて次第に動かなくなる。鈍《にぶ》い色をした泥が頬に張り付き、それからわたしの頭を飲み込んでいく。

そしてわたしはずっと、永遠に、沈んでいく。

二学期が始まって一週間。

夏休みの出来事を語り合う時間はじゅうぶんにあったはずなのに。

それでも語り足りないのだろう。さまざまな夏休みの思い出が、教室のすみずみで飛び交っている。

「夏祭りでデートしてたの見たぞ、このやろ！」

「うわー、だるっ」

「テスト勉強した？」

「まさか。課題やるので精一杯よ」

「三組の原《はら》くんと海行ってたストーリーみたけど。とうとう付き合った？」

「うん、実は付き合った！」

「菊池《きくち》！　お前、提出課題終わった？」

「俺が終わってるわけないだろ」

「っしゃ期待どおり～……って、それだめじゃん！」

騒音に紛《まぎ》れるようにして否応《いやおう》なく飛び込んでくる言葉は、荒《すさ》んだわたしの心を引き裂いた。

それはもう、残酷なほどに。

みんなが口々に語る夏休みの思い出を、わたしは何も持っていない。笑みを浮かべて楽しそうに語らうみんなを見ると、心臓が締めつけられたように苦しくなる。

どうして、わたしだけが。どうして。

――ああ、もう。だめかもしれない。

乾いた唇を静かに舐《な》めて、机に突っ伏《ぶ》す。火照《ほて》った頬が、冷ややかな天板に触れる。

顔を伏せていると、視界が真っ暗になるせいで、余計に耳に神経が集まるような気がする。

遮断したはずのクラスメイトたちの声が、女子たちの声が、雑音が。聞きたくない声が、拾いたくない音が、全部入ってくる。

嫌だ。お願い、何も言わないで。

これ以上、わたしを苦しめないで。

顔を伏せていると、さっきわたしに挨拶した女子の話し声が聞こえた。

「挨拶したの？」

「うん、一応。まだ燈《ともり》ちゃん来てないみたいだし」

「えらすぎるね。私、燈に見つかったらと思うと挨拶なんてできないよ」

「それにしても可哀想《かわいそう》にねぇ」

「なんて声かけたらいいか分からないんだもん」
「だよねえ」
「前はもっと明るかったのにね」
——前はもっと明るかったのにね。
——まえはもっとあかるかったのにね。
——マエハ、モット、アカルカッタノニネ。
聞き逃しが通用しないくらいはっきりと、三回。
ボコボコボコっと、水中で何かを吐き出したみたいに。溺《おぼ》れてしまったみたいに。
途端に息ができなくなる。
溺れる、おぼれる。
ああ、しんじゃう。
いっそ、死にたい。
ここから、消えたい。
ガタッ——と椅子《いす》の音がして、クラスメイトの視線がわたしに突き刺さる。
ああ、そうか。
今の音はわたしが出したのか。立ち上がったから、音が鳴ったんだ。
そっか、わたしか。

回らない頭でそう理解したときには、胃から押し上げてくる吐き気が限界を迎えていた。

わたしは吐き気を何とかこらえながら、教室を飛び出した。

壁に縋《すが》るようにして廊下を歩く。とにかくひとりになりたかった。

触れる壁が冷たい。けれど、その冷たさにどこか安心してしまう自分がいる。

生きてるんだ、って実感できるから。

あてもなく廊下を彷徨《さまよ》う。

おぼつかない足取りで棟を移ると、一日の始まりにはふさわしくない薄暗い廊下が続いていた。

そんな場所に、足は勝手に進んでいく。

まるで、どこかを目指しているみたいだった。

この先に何があるかなんて、わたし自身にも分からないのに。

『葉瀬さん』と、脳内でさっきの言葉が反響する。

葉瀬さん、はせさん。

マエハ、モット。

葉瀬、はせ、ハセ。

アカルカッタノニネ。

再び吐き気が押し寄せてきて、思わず口を押さえる。そんなことで、止められるはずないのに。

ハセさん。

「……っ」

——前は、もっと。いや、チガウ。

前って、なに？

前のわたしって、ダレ？

「違う……ちがっ、ちがうっ」

苦しくて、しんどくて、気持ちが悪くて。だけどそれ以上に、心が痛い。

日を追うごとに〝わたし〟がずたずたに切り裂かれていく。

すべてが狂ってしまったのは、わたしの十七歳の誕生日。

息苦しくなったのも、こうしてクラスに馴染《なじ》めなくなったのも、学校が嫌いになったのも、消えてしまいたいと願うようになったのも。

すべて、あの日のせいだ。

――わたしはその日、ほとんどの記憶を失ったから。

自分は誰なのか、どんな存在なのか。今まで構築したはずの人間関係や、得意不得意、好きなこと、嫌いなもの、それらが分からなくなってしまった。

生活するうえでの基礎的なことや過去の出来事はぼんやりと覚えているのに、肝心な「誰と」の部分がすべて抜け落ちてしまっている。

友達、クラスメイトはおろか、家族のことさえも。何もかも、覚えていない。

中身がまるごと入れ替わってしまったかのようだ。

原因は分からない。

目が覚めて最初に対面した両親――まったく記憶にない四十代の夫婦は、決して教えてくれなかった。

「なんでわたし、こんなことになっちゃったんだろう」

そう疑問をつぶやくたびに、彼らは口を揃《そろ》えて「気にしなくていいよ」と言ってくるのだ。

正直、記憶が消えてしまっても気にせず生きられる人間なんて、そういないと思う。

誰しも自分ではない、他の誰かと繫《つな》がりがあるはずだから、私生活に影響が出るに決まっている。こんな状況になっても気にしないでいられるのは、よほど能天気で前向きな性格の人か、人との繋がりがまったくなかった人だけだ。

葉瀬紬《つむぎ》。

わたしの名前らしい。目が覚めて、白衣を着た人物といくつか言葉を交わしたあと、その名を告げられた。

「大丈夫、気にしちゃダメよ。紬はちゃんと戻るから、安心してね、紬」

「すぐに元に戻るからな。紬はちゃんと戻るから」

大人たちの言葉は、耳をすり抜けていくだけで何も心に響かなかった。

まだ彼らが両親だという認識がわたしのなかで上手くいっていないからなのか、話の内容が本当に薄っぺらいからなのか。その理由はまだ分からない。

記憶がないわたしからすれば、彼らはどう見ても他人にしか映らなくて。

同じ家で暮らしてはいるものの、やはり気まずい空気が流れている。否、わたしが気まずい空気にしてしまっている。だからなるべく会話を避けるために、毎朝早起きをして家を出ているのだ。わたしが一方的に避けてしまっていることについて、母は何も言ってこない。精一杯気丈《きじょう》に振る舞おうとしてくれる母には申し訳ないけれど、やっぱり無理だ。

腫《は》れ物扱い、という言葉がピッタリだと思う。家でも学校でも、わたしは『触れるな危険』というプレートを提《さ》げて生活しているような気分だ。

できるだけ触れてはいけない、関わってはいけない、そんな感じ。

みんなが知っている以前の〝葉瀬紬〟は、もうこの世界どこを探しても存在しない。

〝わたし〟という得体の知れない何者かが、彼女を上書きしてしまったのだから。

昔のわたしがどんな人間だったのか、わたしだけが知らない。

けれど、以前のわたしを知るクラスメイトの言葉を聞くかぎりでは、きっと今の自分とは真逆で、明るい人間だったのだろう。こんなふうに下ばかり向いて、いっそ死んでしまいたいと思うような人間ではなかったのだろう。

ああ、本当に気持ちが悪い。

吐き出したい。ぜんぶ。

せり上がってくるものを、必死に手で押さえてうつむいた。

――そのときだった。

「おい」

ふいに前から低い声がして、え、と視線が上がる。そこには、苛《いら》ついた表情でわたしを睨《にら》みつけるひとりの男子がいた。

知らない人だらけのクラスメイトの中で、ほとんど唯一、顔と名前が一致している人物。

わたしは彼を、よく知っている。つややかな黒い髪と、すらりと伸びた背をしているから、どこにいてもよく目立つ。

「し、ばたに……」

「また吐こうとしてんのかよ」

鋭い視線に射抜《いぬ》かれ、逃げるように目を逸《そ》らす。もう目は合っていないのに、ひどく視線が痛かった。

つかつかと歩み寄ってきた彼は、強引にわたしの手を掴《つか》んで引いた。

「来い」

「わっ……」

途端に心臓が縮み上がる。キュンとしたからじゃない。怖いからだ。

彼と会うたびにどこか萎縮《いしゅく》してしまう。彼を前にすると、彼の手を振り払うだけの力も、自由に紡《つむ》ぐことのできる言葉も、何一つ意味のないものに変わってしまう。

何も言わずにわたしを女子トイレの前まで連れて行った彼は、急に足を止めてわたしの顔をのぞき込んだ。透明な瞳とまっすぐに目が合う。とつぜん胸の奥が疼《うず》いた。

——……ああ、逃げ出したい。

彼の瞳はいつも何を映しているのか分からない。もしかしたらわたしの心の中まで透けて見えているのかもしれない。頭の中の考えまでお見通しなのかもしれない。

そう思うと、彼の視界の外まで衝動的に逃げたくなってしまうのだ。

「もう大丈夫だろ？」

「え……あ、ほんとだ……」

いつのまにか、吐き気から意識が逸れていたことに気がつく。彼は厳しい視線のまま、繋いだ手に力を込めた。

「朝飯もほとんど食ってないくせに、吐くもんなんてあるかよ」

「どうして、それを……」

少しわたしを見つめてから、ふっ、と小さく笑った彼。さっきまでの鋭い視線とは違って、呆《あき》れたような、それでいてどこか悲しそうな微笑だった。

「いつもより遅いってことは、寝坊したんだろ。それで余計に飯食う時間なくて、ろくな準備もできずに親と顔合わせず、家を飛び出してきた。違う？」

「……どうして」

「ぜんぶお見通しなんだよ。ばか」

「柴谷《しばたに》……」

やっぱりすべてバレていた。

黙り込んでいると、彼の指がわたしの制服のリボンを指した。

「曲がってる」

「あっ……これは」

すべて、彼の言うとおりだった。

わたしが毎朝、朝食を抜いていること。他人としか思えない家族に迷惑をかけるのが嫌で、なにより怖くて、逃げるように家を出てきていること。だから吐きたくても何も吐けないこと。

今日はとくに、焦《あせ》って準備をしたから心に余裕のかけらもないこと。

すべて分かっていて、彼はそんなふうに言うのだ。

ぐ、と唇を噛《か》んだわたしの顔を、柴谷がのぞき込んだ。そうしてわたしの吐き気が治まったのを確認した彼は、何も言わずにもう一度わたしの手を引いて歩き出す。

抗う気にもなれず、上履《うわば》きが冷たい廊下をこする音だけを聞きながら、〝いつもの場所〟へと向かう柴谷の背中を見つめた。

彼の黒い髪が揺れている。繋がれた手のぬくもりに、どこか懐かしさを覚える。

突然締め付けられたように、息ができなくなる。

目と、指先。それと、浮かんでくる薄い記憶。

それらに意識が注がれるせいで、吸う息と吐く息の均衡《きんこう》が保てなくなった。

だんだんと呼吸が浅くなっていき、また苦しくなる。

けれどそれに気づいたみたいに、握る手に力を込められるから。

「……っ」

わたし本来の息の仕方へと、戻してくれる。

不思議なチカラ。

彼だけが持つ、魔法みたいな力。

二年生の教室とは別棟にある、共用講義室や会議室、美術室のさらに奥。彼が足を止めたのは、旧校舎の空き教室だった。

おそらく誰も知らない、来たことがない、そんな場所。こんなところがあったんだ、って生徒誰もが驚くような、静寂《せいじゃく》に包まれた、冷たい場所で。

「――……おはよ、葉瀬」

柴谷は静かに、笑った。

空気が、変わった。

紛れもなく、彼が変えたのだ。

「お、おはよ……し、ばたに」

「ぎこちなさすぎだろ」

「ご、ごめん」

「謝んな、ばーか」

呆れたように笑う柴谷は、ほんの少し、柔《やわ》らかい表情をしていた。教室では見せない顔だ。

ここに来るのは、これがはじめてではない。夏休み明け、まっさらな状態で登校したわたしを、この冷たい場所まで引っ張ってきたのが柴谷。そして、同じように挨拶をされた。

それから、家に居づらく早い時間に登校していたわたしに、柴谷が合わせて登校してくれるようになったのだ。朝のホームルームが始まるまで、ふたりでこの空き教室で過ごそうと提案してくれたのも柴谷だった。

記憶を失う前のわたしが、彼にとってどんな存在だったのか。彼は、わたしにとってどんな存在だったのか。

気にならないと言えば嘘《うそ》になるけれど、ずっと訊《き》けないままでいる。

「よし、撮るか」

正直な話、柴谷は変わっていると思う。

記憶を失《な》くしてしまったわたしという異質な人物に躊躇《ちゅうちょ》なく話しかけて、一から関係をやり直そうとしている。他のクラスメイト達は気まずそうに距離をとっているのに、彼だけはおかしいぐらいに距離を詰めてくるから。

乱暴な言葉と、強引な行動。問答無用でわたしの心にズカズカ踏み込んでくるくせに、ふとした瞬間柔らかい表情になる。透明な瞳にはすべてを見透《みす》かされているような気がする。

わたしの心をいとも簡単に操って、使い物にならなくしてしまう。

だからわたしは、あまり彼のことが得意ではない。

ここ一週間、彼ばかり注目して見ていた。

そんな性格をしているのに、クラスにはうまく溶け込んでいる……ように見える。

柴谷はいつもクラスの輪の中心で笑っていて、男子にも女子にも慕《した》われている。

教室でも変わらず乱暴な口調だけど、みんな彼の周りに自然と集まっていく。わたしが「ばーか」とか「やめろ」とか言ったとしたらきっとみんな離れていくはずなのに、彼だから許されているということが羨《うらや》ましい。

いつものように、美術室のとなりにある美術倉庫から一眼レフのカメラを手にして戻ってきた柴谷は、空に向かってカメラを構えた。

「ふ――――っ」

それは、はじまりの合図。

柴谷は一息呼吸をして、空全体を透明な目に映してから、そのままの景色をレンズに閉じ込める。

彼が世界にピントを合わせている瞬間、わたしは彼に話しかけられなくなる。

ぎゅっと胸が掴《つか》まれてしまったみたいに苦しくなって、たまらなく切なくなって、なぜだか泣きたくなる。

ずっと前から、この景色を知っていたみたいに。

忘れちゃいけない何かが、胸の奥からせり上がってくるみたいに。

ふいに、ファインダーから一度目を離した柴谷は、わたしにカメラを向けた。

え、と声が洩《も》れる。思わず身体を強張《こわば》らせると、いたずらっぽく笑った彼は、またピントを世界に戻してカメラを構えた。

しつこく鳴っている心臓を押さえながら、彼を見つめる。

カシャッ、と音が鳴るたびに、空気が凛《りん》と張っていく。

この世界は今、彼によって丁寧《ていねい》に、繊細に、切りとられているのだ。

＊

『葉瀬は諸事情で一部、記憶を失ってしまってな。何かと困ることがあるかもしれないが、こういうときこそ助け合いだ。普通に生活していたら自然と思い出すかもしれないから、いつもどおり接するように』

夏休み明け、最初のホームルームにて。そんな説明を担任から受けたクラスメイトは、みんな呆然《ぼうぜん》としていた。目を瞬《しばたた》かせて、それから視線を落とす。誰もがこの一連の動作を行った。

わたしは教卓に立ちながら、転校生かのごとくゆっくり目を動かして一人ひとりの顔を眺めてみたけれど、誰の顔も思い出せなかった。

『ご迷惑をおかけしますが……よろしく、お願いします』

わたしには本当に仲が良かった〝親友〟みたいな存在はいないのだろう。その事実に愕然《がくぜん》とした。

その証拠に、みんな目を合わせてくれない。仲が良かったのに記憶喪失になった途端、他人みたいに突き放すなんて、ありえないから。

『………』

異様な静けさに全身が粟立《あわだ》つ。誰ひとりとして呼吸を許されないような、重々しい沈黙だった。細い息を吐きながら、もう一度教室を控えめに見渡すと、目が合ったポニーテールの女の子が一瞬目を見開き、それからあわてたように目を逸らした。その瞬間、ドキリと心臓が脈打つ。

『葉瀬の席はあそこだ』

先生の指先を追って、前を見据えたときだった。

窓際の席に座っている男子とばちっと視線が絡まって、息が止まりそうになる。

唯一目が合って、ぜったいに逸らさなかった人。それが柴谷だった。

透明な瞳で見られたとき、心臓が縮んだような気がして、妙に落ち着かなくなった。

わたしは登校も、教室でも、移動教室も、下校も、すべてひとり。部活は休部という形になった。

そもそもなんの部活に入っていたのか。

自分の得意なことすら思い出せないから、知ったところでどうにもならない。

どうせ、続けられないから。

学校は、二日、三日と通えば慣れると思ったけれど、全然だめだった。

冷たい廊下を歩いていると、無意識のうちに涙が出そうになって、吐き気と頭痛に襲われた。けれど乾ききった身体からは涙なんて出てこなくて、悲しいという感情を外に出す方法すら失っていた。深海に沈んでいくみたいに、底のない暗闇へと放り込まれてしまったかのようだった。

そんなある日のことだった。柴谷がわたしの前に現れたのは。

『葉瀬、来いよ』

『え……』

『俺について来い』

まだホームルームまで一時間以上ある、朝の早い時間。

今日みたいに廊下を彷徨っていたわたしの手を引いて、この場所にたどり着いて。

『落ち着いて、息吐いて。吸って、前向いて』

「……っ」

『おはよ、葉瀬』

彼の切れ長の瞳が、ふっと細くなる。黒くてつやのある髪が、光に溶けるように輝いていた。

まるでこの瞬間〝わたし〟が目覚めるみたいに。

おはよう、って。

そう言ってくれた。

もし「綺麗《きれい》なものを挙げよ」という課題が出たのならば、わたしはまちがいなく彼の瞳を選ぶだろう。暗いところばかり見ているわたしとは対照的な、澄みきった目。

彼の瞳を通して見える世界を、わたしも見てみたい。

そう羨望《せんぼう》してしまうほど、美しいものだから。

＊

この場所でいきなり柴谷がカメラを構え出したとき、びっくりして思わず声をあげてしまった。撮影を邪魔された彼は相変わらず苛立った顔をしていたけれど、わたしが謝るとすぐに写真へと意識を戻した。

『ふ――――っ』

そうして一気に自分だけの世界をつくり出す。周りの空気も、わたしの意識も、すべてを取り込むような呼吸のあとで、彼はシャッターを切った。

彼が撮った何枚もの写真を見たときの感動を、衝撃を、わたしは一生忘れないと思う。

彼の写真は、見たままの世界をそのまま切りとるものだった。青色に桃色が混ざって、薄紫が広がった向こうに藍色のような深い色が重なっていく空の写真。雨粒のきらめきや、紫に染まったコスモス畑。街灯に照らされて微睡《まどろ》む夜の街。水たまりに反射する木々や、滝にかかる鮮やかな虹《にじ》。

見落としがちな瞬間を、彼は余すことなくカメラに収めていたのだ。

彼の瞳が映す世界はこんなにも綺麗で、くすんでしまっていたわたしのものとは全然違う。

そのことに気づいたとき、色のない世界が壊れていくような衝撃と、言葉にできない感情がわたしの心を包み込んでいた。きっと、「感動」っていうのはこういうときのことを言うのだと思う。

――写真は撮り手の心を写すというのならば、わたしは君のとなりで、君の心に触れたいと思ったのだ。

＊

ひととおり写真を撮り終えた柴谷は、

「何か食う？」

と言って、そばにあったコンビニの袋を見遣った。

「……ううん、食欲ないから。それに、時間も」

つぶやくと、「あっそ」と声が返ってくる。そのまま会話が途絶えてうつむいていると、ふ、と息を吐き出した柴谷は、カメラを保管用のケースに入れて、わたしに近づいてくる。

「あのさ」

目の前に柴谷の顔があって、何を言われるのだろうかと身体が強張る。

「な、何？」

「まだ慣れないのか、教室」

今日もまた、吐きそうになっているわたしに、彼は辟易《へきえき》しているのかもしれない。

何も答えることができずに押し黙っていると、彼はどこか呆れを含んだ表情で言葉を続ける。

「葉瀬は、もっと堂々としていればいいだろ。クラスメイトなんだから」

「……できないよ、そんなの」

「ったく、なんでだよ」

ぐ、と喉《のど》が変な音を立てた。か細い声が吐き出される。

「みんな……気持ち悪いだけでしょ。わたしは葉瀬紬だけど本物の葉瀬紬じゃないの。ニセモノなの」

「なんだそれ」

「前のわたしはもういない。だから柴谷も、前のわたしを求めているんだったら諦《あきら》めてほしい。今のわたしは、柴谷の期待には応えられない」

静かに瞬《まばた》きをした柴谷は、それから目をうっすらと開けて、軽蔑《けいべつ》するように眉を寄せた。それは怒っているようにも、呆れているようにも、あるいはバカにしているようにも思えた。

「お前、もしかして俺が彼氏だったとか思ってないよな。悪いけど、俺とお前はそんなんじゃない。勘違いすんな」

「……！」

はっきりと釘を刺されて、言葉に詰まる。実際、訊きたかったけど訊けなかった内容はそれだった。

わたしは、柴谷と付き合っていたのか。そうでもなければ、彼がここまでわたしに親切にする理由がないから。

「俺たちは付き合ってたわけじゃない。だからお前はゼロから始めればいい。俺は優しいから、ひとりぼっちで可哀想なお前のとなりにいてやるって言ってんだ」

「優しいって……自分で言うの？」

「――優しいんだってよ、俺」

だってよ、って。

まるで誰かから言われたみたいだ。その言葉が引っかかったけれど、口を開こうとする前に予鈴が鳴ったので、仕方なく教室に戻ることにした。

教室へと歩き出そうとするわたしとは違って、美術倉庫へと足を向ける柴谷。

「カメラ戻してくるから。お前先行っといて」

「そこの美術倉庫でしょ。だったらわたしもついて行く」

「いいって。先に戻っとけ」

ついて行こうと歩先を翻《ひるがえ》したけれど、有無を言わせぬ圧に尻込《しりご》みする。分かったな、と命令するように鋭い視線をぶつけた柴谷に、あわててうなずいた。柴谷は一変して、のんびりした歩調で美術倉庫へと消えていった。

再び、美術倉庫に入ってみたい衝動にかられたけれど、さっきの彼の目を思い出して踏みとどまった。

あの目に鋭く刺されたら最後、わたしは本当に死んでしまうような気がしたから。

＊

「柴谷はどうして写真を撮ってるの？　入学してからずっと訊きたかったんだよね」

「……形に残しておきたいから。確かにここに在《あ》ったんだって、忘れないように」

「ふうん、そっか」

「お前、興味ねえだろ。ったく、真面目《まじめ》に答えたのがアホだった」

「興味あるよ。柴谷のことだもん。興味あるから訊いてるんだよ」

「どーだか。お前、人の話聞かない選手権あったら堂々の一位だよ」

「そんな選手権だとしたら不名誉《ふめいよ》すぎる！　あ、ほらほら、そんなことといいから早く写真撮りなよ」

「『そんなこと』って、やっぱり適当じゃねえか。会話成り立たないな、ほんと」

「適当じゃない！　会話も成り立ってるでしょ、ある程度は！」

「……葉瀬は」

「え、あたし？」

「――お前はなんで描いてんの？」

二、硝子玉《がらすだま》の奥に映る

「何か案がある人は手挙げて」

学級委員の凛とした声が耳に届く。

一限はホームルーム活動で、十一月の初めに開催される文化祭の出し物について話し合うらしい。一般の高校と比べるとかなり遅めの文化祭なのだけれど、大規模であるため夏休み明けから準備が始まるのだ。

昨年の文化祭の記憶はある。誰と回ったかはよく覚えていないけれど、美味《お》しいものを食べたり展示を見たりして、それなりに楽しんだはずだ。

基本的に出来事の記憶は残っているけれど、わたしの場合、人間関係の記憶がまるごと抜け落ちていて、記憶をたどろうとするといつも、浮かび上がる人物の顔に靄《もや》がかかったようになる。だから、通学路はちゃんと憶えているし、学校のつくりも、通っていた小学校も憶えている。けれど、通学路でときどき会う人の名前や、先生の名前、小学校のときのクラスメイトの顔。それらがまるで思い出せないのだ。

大切な人間関係をすべて忘れて、それ以外の日常的なことについては憶えているなんて。

本当に厄介《やっかい》だと思う。

自然とため息が出た。

担任の先生からは「葉瀬は無理しなくていいからな」と、新入生にかけるような言葉が飛んできた。

文化祭や体育祭という学生にとっての一大イベントで、わたしが浮いてしまうことが目に見えていたからだと思う。

「それでは周囲の人たちと話し合ってください。五分後に案を発表してもらいます」

積極的な意見が出なかったから、学級委員がそう全体に呼びかける。

たとえ案が自分の中にあろうとも、それを表に出そうとは思わない。目立ちたくないからだ。

大人と子供の狭間にいるわたしたちにとって、それは当然のことなのかもしれない。何者でもないから目立つことを恐れ、集団の輪から外れてしまうことに怯え、自分を隠すようになる。

それはわたしも同じだった。

学級委員の呼びかけで、クラスメイトたちはあっというまにグループをつくった。たちまちわたしはひとりぼっちになってしまう。この瞬間が、わたしは心の底から嫌いだ。

「葉瀬さん……いっしょに」

沈黙したままのわたしに気を遣ってくれた女の子が、机を回転させてわたしに向き直った。

えっと、彼女は……たしか。

「あ、山井《やまい》です。山井夕映《ゆえ》」

頭の中で必死に名前を探していると、それに気づいたように微笑んで告げられた。

「ご、ごめんなさい」

「いえいえ。私も入学してから名前を覚えるのに苦労したので。葉瀬さんはまだ一週間なんだから当然ですよ。それに私、目立つほうでもないですから」

入学してから一週間。

そう、捉《とら》えることもできるのか。

「ありがとうございます。えっと、山井……さん」

さっそく苗字を呼んでみる。下の名前を呼ぶ勇気はまだなかった。

小さくうなずいた山井さんは、少し頬を引きしめてわたしのほうを向いた。

「えっと……文化祭のことについて記憶は残ってますか？」

どこまで踏み込んでいいか分からない。そんな思慮《しりょ》が彼女の言葉からは感じられた。

気を遣わせているのが申し訳ない。自然と肩が小さくなる。

「……内容は、覚えているんですけど。誰と何をしたのかは、まったく……」

山井さんの瞳が小さく揺れた。

言葉にしながら、どんどん沈んでいくわたしの横で何度かうなずいた山井さんが、にこ、と笑みを浮かべてわたしに向き直る。

「じゃあ、文化祭の知識がゼロってことじゃないんですね」

ワイワイした雰囲気とか、いつもよりおしゃれで可愛《かわい》らしい女子とか、気合いの入っている男子とか。お店を回って、色々なものを買って、告白イベントを遠巻きに見て。

ちゃんと、憶えている。

こくりと示してみせた。

「今年は食べ物の出店もできるみたいです」

山井さんがにこりと笑って言った。

うちの学校では、飲食物の販売は二年生が担当すると決まっていて、今年はわたしたちが出店する番らしい。みんなが口々に声をあげる。

「やっぱ定番のやきそばじゃない？」

「定番はたこ焼きだろ」

「スイーツがいいよ」

「いっそドリンクだけにするのもアリ」

文化祭の前の独特なお祭りムードは嫌いじゃない。勉強を強《し》いられる学生が、唯一すべてから解き放たれる日。準備期間を経て、成立するカップルもたくさんいると聞いた。

いわゆる文化祭マジックというものだ。

「では、挙手して案を発表してください」

学級委員の司会進行を耳に入れながら、ちらと柴谷に視線を移す。

柴谷は窓際の席だ。窓から差し込む陽光が、彼の横顔を照らしている。

彼は頬杖をついて、ぼーっと空を眺めていた。今朝、ふたりきりのときに見せた表情とはまったく違う。どこまでも無表情で、話し合いの内容など、はなから興味がないようだった。

すると、柴谷のとなりのグループだった女の子が、柴谷の近くに椅子を動かして何やら話し始めた。柴谷も視線を動かして、彼女のほうを向く。身振り手振りを入れながら楽しそうに話す女の子の話を、柴谷は気だるげな顔で聞いていた。しばらくして、女の子の友達や他の男子も話に交ざって、大きなグループになる。するとだんだん彼女の顔はいきいきとして、途中からはたくさんの人に囲まれて、グループの中心で笑っていた。

ここからの角度だと、彼のまつ毛がいかに長いかがよく分かる。一本一本が丁寧に描かれた絵みたいだ、と思う。

美しすぎる造形が、そんな錯覚を起こさせる。

ふいにそのまつ毛が流れたかと思うと、突き刺すようにこちらを見た。切れ長の目から逃げるように視線を逸らす。

まずい。見ていたのがバレた。

焦って逸らした視線の先、書記の人がみんなの意見を聞きながら『かき氷』『やきそば』と黒板に案を書いていく。

「ガッツリの飲食はぜったいどこかが出すと思うのでー、うちらはスイーツにしませんかぁ」

ふと、教室にねっとりした声が響いた。声のしたほうを見ると、高い位置でポニーテールをした女の子が黒板を見ながらそう言っていた。

彼女の名前はもう覚えた。

赤坂《あかさか》燈。覚えた理由はシンプル、とにかく目立つからだ。

入学してからいちばん先に名前を覚えられる、またはクラスを超えて広く認知されるタイプ。

いわゆる、一軍ってやつだ。

現にわたしもすぐに覚えたのだから、山井さんの「入学して一週間」という例えは言い得て妙だ。

目立つほうが認知される。良くも悪くも。

「スイーツのほうがいいと思う！　たこ焼きとかやきそばも美味しいけど、全然かわいくないからテンション下がるっていうか」

「分かる！　正直、文化祭の出し物は映《ば》えが大事！」

赤坂さんのあとに続く女子たちの名前は、まだ覚えていない。俗にいう、取り巻き。

本や漫画ではよく見るけれど、現実でもここまで圧倒的な権力差があるなんて知らなかった。

クラスで絶対的権力者の赤坂さんの意見ということでかなり重宝されているからか、ほとんどそれで決まりだという雰囲気が教室を包み込んでいた。

それまでに出ていた、たこ焼き、やきそば、などの意見はほとんど出なかったも同然だった。それらはすべて、赤坂さんの意見によって抹消される。

「ワッフルがいいと思いまーす」

間延《まの》びした声で赤坂さんが言う。

「トッピングしやすいし、かわいい！」

「ともたんセンスいい～」

「さすが！」

「賛成でーす」

同意見だというように取り巻きたちもうなずき、他の人たちはどうでもいいように各々が雑談を楽しんでいた。結局のところ、誰も文化祭にこだわりなどないのだ。適当に決まった意見を適当に受け入れて、適当に準備して適当に楽しむだけ。

「ワッフルに賛成の人、挙手をお願いします」

学級委員が呼びかけて、ぽつぽつと手が挙がる。みんな、早く決まってラッキーという顔をしていた。この後は、自習という名の自由時間になるらしい。

「はい、じゃあ決まりで。詳しいことはまた今度決めます。赤坂さん、できれば詳細も考えておいてください」

「はーい。決めときます」

適当な返事。すでに友達との雑談に入った赤坂さんに視線を移す。

こぼれ落ちそうな大きな目。スラリとした体型はモデル顔負けで、トレードマークのポニーテールの高さが、彼女の自信を表しているようだった。

たぶん、いや、ぜったいに彼女には歯向かってはいけない。ピンと直感的に理解した。

見つめていると、ふいに赤坂さんがこちらを向いた。心臓が強く脈打つ。

その目は鋭くて、どこか責められているように感じてしまう。睨むような視線に、全身が硬直した。その瞬間、自己紹介のときのことを思い出す。そうだ、わたしは彼女と一度だけ目が合ったことがある。だからこんなにも鮮明に記憶に刻まれているのだ。

「決まっちゃったね……」

ふいに横から山井さんの声がして、緊張で固まっていた身体が一気に自由になる。

山井さんは、少し残念そうに眉を寄せている。わたしでも分かるほど、あきらかに肩を落としていた。

何かあったのだろうか。不思議に思って問いかけてみる。

「あの。なにか、問題でも」

「本当は少し前から考えてたことがあったんだけどね……でも、いいの！　仕方がないことだし」

違和感を覚えた。

こういうの、空元気《からげんき》、って言うのだろうか。笑顔のはずなのに、どことなく表情が固いような気がする。それに〝仕方がない〟とはどういうことだろう。

けれど、山井さんの切なそうな表情を見て、容易に踏み込んではいけない気がして、口を閉じた。

こんなとき、「どうしたの」と声をかけられたらよかったのだけれど。わたしにはそんな勇気がない。

疎《うと》ましく思われるのがこわくて、なかなか踏み出せない。そのせいでコミュニティが広がっていかないのは、わたしがいちばん分かっているのに。

深く息を吐きだす。こんな自分、大嫌いだ。


昼食は渡り廊下のすみで、ひとりでとることにしている。

頬を切る風が冷たい。

もうすぐ秋が来るのだろうか。

分からないことだらけの夏が終わって、〝わたし〟にとってはじめての秋。

目を閉じて、秋の景色を想像してみる。

真っ先に浮かんできたのは、紅葉が続く道だった。

燃えるような鮮やかな紅《あか》が広がる。ひらひらと風にあおられて舞う紅葉。

たかが想像。それなのに、やけに景色が鮮明なのはどうしてだろう。

不思議と、その道を通ったことがあるような気がするのだ。

目の前を埋め尽くす紅は、じわじわとわたしの脳内を蝕《むしば》んでいく。

ふいにこわくなって、目を開いた。

「……食べよう」

思い出してしまったら、何かが変わってしまうような気がした。恐ろしい予感を振り払うように首を横に振って、わたしはお弁当箱を開けた。

薄紅《うすべに》色の箸《はし》とお弁当箱。鮮やかな黄色の卵焼き。

卵焼きを口に含むと、舌に馴染んで甘味が広がる。

しょっぱい派と甘い派があるけど、わたしは断然甘いほうが好きだ。

お弁当に入れるおかずは、母が冷蔵庫に入れてくれている。

気を遣わせてしまっているから、申し訳なさでいっぱいなのだけれど、「気にしなくていいのよ」と母は笑ってくれる。お弁当を開くたび、その優しさに甘えっぱなしの自分が嫌になっていく。

はあ、とため息が落ちる。

みじめな悪循環に、ひとりでとらわれ続けていた。


お弁当を食べ終わっても、まだじゅうぶんすぎるほど時間はある。

教室に戻っても居心地が悪くて苦しいだけなので、校舎をぶらぶらと歩き回ることにした。教室にいると、いつも誰かに見られているように感じるし、陰口をたたかれている気になるのだ。それがたとえ被害妄想だったとしても、もしかして、と気を張りながら教室で過ごさなければならないのが苦しい。

しばらくして予鈴が鳴り、急《せ》かされる思いで教室に戻る。席に座って、黙ったまま準備を始めた。

いつしかそれが、わたしのルーティーンになっていた。

ふと、窓際の空席を眺める。柴谷の席だ。

時計を見ると、あと二分で授業が始まる。それなのに、彼の席は空いている。

いつものことだけど、こんなにギリギリの時間まで、柴谷はいったいどこで何をしているのだろう。いつも四限目のチャイムが鳴るとすぐに教室を出て行ってしまうので、彼がどこにいるのか分からない。

……と、頭のなかが柴谷でいっぱいになっていることに気づいた。

あわてて頭を振る。

本人のいないところでも考えてしまうなんて、だいぶ重症だ。

わたしが心配しなくても、柴谷は授業開始までに教室に戻ってきた。もちろん、いつもの飄々《ひょうひょう》とした様子で。

授業担当の先生もとくに咎《とが》めることはない。結果的に遅刻はしていないからだ。

要領よく生きるというのは難しい。

わたしは空回ってばかりで、日々に余裕もない。

だから、自由気ままに日々を過ごしている柴谷が羨ましい。

わたしはこんなにも息苦しいのに。毎日必死に生きているのに。

教室でのわたしたちは、まったく話さない。ひとりぼっちでいるわたしと、毎日誰かがそばにいる柴谷。こんなにも近くにいて、毎朝同じ時間を共有しているのに、わたしから見た彼は、ものすごく遠い。

席についた彼の横顔を見つめる。

わたしはいつも横顔を見てばかりだ。物怖《ものお》じせずにわたしの世界に入り込んでくる彼と、正面から向き合う勇気がないから。

——わたしも、君のように生きられたら。

そうしたら、もっと楽に息が吸えるだろうか。

＊

「わーっ！　柴谷、見て！　すごいよ」

「落ち着け、葉瀬。見てるから」

「紅葉、真っ赤で綺麗だね……！　ほら、写真に収めなくていいの？　やっぱり秋ってサイコー！」

「ちょっと黙って。集中するから邪魔すんな」

「よろしく頼んだよっ！　天才カメラマン！」

「邪魔なんだけど。入ってくるなって」

「あたしのことも一緒に撮って！」

「……何度も言ってるだろ。ポートレートは撮らねえよ」

三、目覚めの朝は遥か先に

これが現実ではないとすぐにわかったのは、腕に刻み込まれた傷がなかったから。

ひとりで夕日を眺めている、そんな夢だった。

記憶を失う前の、もっと昔のころの夢を見ているのだと。瞬間的にそう悟る。

焦《こ》がすような太陽の光が、顔に容赦なく差し込む。わたしはそれを、一心に浴びていた。溶け込んでいくように、そのまばゆさに身体を委《ゆだ》ねる。

ぼうっと地平線の彼方《かなた》を眺めては、息を吐く。そして酸素を取り込んだとき、これは夢だと確信した。

息がしやすかったから。

澄んだ空気で、肺がすべて満たされていく感覚。

現実の世界にはない、切ない感覚がした。

もう一度腕に視線を落とす。

すると、じわじわと赤茶色の傷が浮き上がって、傷口が痛みだす。

「……はあっ……や、だ」

擦《こす》っても、押さえても、どう頑張っても消えない。どんどん濃くなって、忘れられないものとして深く刻まれる。

決して消えない傷痕。

刃物で切りつけられたようだ。

どうしてついた傷なのか、分からない。こんなに深いもの、どうして。

「……思い、出せない」

思い出そうとすれば、ザザッと砂あらしのように記憶が遮《さえぎ》られる。思い出そうと何度も集中すると、だんだん頭が痛くなって、最終的には意識が飛びそうになるくらいの激痛に襲われる。

思い出したくないと、身体が拒絶反応を起こしていた。

ロッカーの張り紙、暴言が書かれたノート、ごみ箱に突っ込まれていた靴。

頭が痛い。お腹が痛い。吐き気がする。思わず口を手で押さえると、すぐにまた、ザザッと砂あらしにかき消されて見えなくなる。

砂あらしに霞《かす》むようにして、今度はまばゆいブルーライトが目に突き刺さる。

大賞、の二文字だけが画面から浮かび上がって見えた。ぐらり、視界が揺れる。

……こころが、痛い。

徐々に太陽が沈んで、空が濃い色へと変わっていく。

ああ、待って。行かないで。

わたしを置いて行かないで。まだ終わらないで。

夢中で、沈みゆく太陽に手を伸ばす。

わたしのむなしい叫びを聞くことなく、瞳は紺碧《こんぺき》を映し、静かに夜の帳《とばり》が下りる。

——そこで目が覚めた。

傷のある手を伸ばしたままで。

わたしが必死に掴もうとしていたのは、焦げ茶色の天井だった。趣《おもむき》も何もない、殺風景なわたしの部屋。

ゆるゆると手を下ろして、枕元に置いたスマホを取る。

午前四時三十分。

今日もまた、早すぎる目覚めだった。

＊

季節は秋へと移り変わり、それと同時に制服も衣替えとなった。

カーディガンの上から傷のある左腕をそっとなぞると、ズクズクした痛みが和《やわ》らいだ……気がした。スカートと靴下では庇《かば》いきれずにむき出しになった足に、朝の冷えた空気がまとわりつく。

部屋にある全身鏡の前に立つ。

「……変なの」

鏡に映ったわたしは、たとえるなら、幽霊のような顔をしていた。このまま役者としてホラー映画に出演できそうだ。

スカートは校則に準じた膝丈《ひざ》。

白い靴下、髪型はいつも後ろで一つ結び。もちろんノーメイクだけれど、まるでファンデーションを塗ったかのように顔が白い。いや、不健康を表すような青白さだった。

かわいげも何もない。むしろ恐怖すら与えかねない外見だった。

ふと、赤坂さんの姿が浮かぶ。毎日高く縛り上げられたポニーテールも、ゆるく巻かれたおくれ毛も、バッチリ決まったメイクも、すれ違ったときの甘い香水の匂いも、膝より遥《はる》か上のスカート丈も。

絵に描いたような女子高生の姿をしているのが赤坂燈という人物だ。

わたしには無理だ。

毎日完璧に自分を着飾るなんて、そんな努力できない。だからわたしは、ひそかに彼女のことを尊敬しているのだ。

机の上に置いてあったヘアゴムで、高い位置で髪を括《くく》ってみる。結果は言うまでもなかった。がっくりと肩を落とす。

ポニーテールとも呼べないその髪型のままリビングに行き、おかずを詰め終えたお弁当を取りに行こうとしたときだった。

急に廊下の先から物音がして、びくりと肩が跳《は》ねる。どうやら寝ているはずの両親のどちらかが起きたらしい。完全な油断だった。

大急ぎで部屋に戻って、鞄を掴む。鏡の前でポニーテールをほどいて、いつもの一つ結びに直した。

いってきます、と焦り気味につぶやいて、今日も朝食をとらずに家を出た。挨拶は相手に聞こえなければ意味がないとどこかで聞いたことがあるので、毎朝わたしが発しているのは、挨拶ではなく単なる独り言なのかもしれない。


朝の教室は、まっさらな状態でわたしを迎えてくれた。

色づき始めた葉が窓の外に見える。登校時間には程遠いので、まだ人は少ない。

ふうっと息を吐く。やはり深呼吸をすると落ち着く。

まだ、以前のように気持ちよく息は吸えないけれど。

そのとき、鞄の中でスマホが振動した。取り出して、通知を確認する。

母からのメールだった。

乾いた指先でタップして開く。

液晶画面に表示された文字に、わたしはつい呼吸を止めてしまった。黙ったまま、何度も文字を目で追う。

『紬、お弁当忘れてるよ。届けようか』

しまった、うっかりしていた。

あわてて返信画面を開く。スマホのキーボードの上に指を乗せる。

けれど、書いては消して、書いては消しての繰り返し。

『大丈夫。買って食べます』

結局、たったそれだけのメールを送るのに五分もかかった。

返信にはいつも気力を使う。

思わず敬語を使いそうになってしまうのを直したり、文章が変じゃないかを何度も見直したりする。

そうして、親しすぎるような気がして気持ちの悪い文章を送らなきゃいけないから。

結局、タメ口と敬語を同時に使った。

しばらく送信したメールを見直していると、急に戸が音を立てた。

誰が入ってきたかの予想はつくのに、つい名前が呼ばれるのを待ってしまう。

「葉瀬」

「……柴谷」

「ん」

ん、だけで彼の意図が分かってしまうのがなんだか悔しい。それほどまでに習慣化された朝の時間。

くいっと顎《あご》で合図をする柴谷。

どうやら、ついて来い、ということらしい。すたすた歩いていく柴谷の背中を追う。

いつもの空き教室に入ると、柴谷はわたしに、いつもの窓際の席に座るよう促した。

彼もいつもと同じく、わたしと向き合うように座る。すべてが〝いつも〟どおりで、
ひどく安心した。

「今日、ここ来るの遅くね？」

「あー……お弁当、忘れちゃって。メールしてたの。その……お母さんに」

「そんな時間かかるのかよ」

「なんていうか……距離感が掴めなくて。気まずいんだよね、色々と。ううん、気まずくしちゃってるんだよね、わたしが。顔を合わせるのがこわくて」

言葉に詰まりながら、事情を説明する。

「お前はどうしたいわけ？」

「お母さんたちと一緒に朝ごはん食べられるようになりたい。それで……いってきますって、直接言えるようになりたい」

一緒に朝食をとって、いってきます、いってらっしゃいの挨拶をして学校に向かいたい。

そんな願望はあるのに、わたしには勇気がないから逃げるように家を出るしかない。夢物語は到底叶《かな》いそうになかったから、「いつか、ね」と付け足す。こういうふうに保険をかける自分も嫌いだ。

「それはさ」

ふいに、わたしの話を黙って聞いていた柴谷が口を開いた。

「お前次第なんじゃないか」

え、と声が洩れる。身体に力が入るのが分かった。

「でも……どうしたらいいか、分からないの。どうしても知らない人としか思えなくて、わたしのことをどう思っているのかも分からないから、こわいんだ」

制服の裾《すそ》を握りしめながら言うと、しばらくじっとわたしを見つめていた柴谷は、なぜかふっと笑みを浮かべた。

「俺が思ってるよりも暗いんだな、お前」

「えっ……何が」

「いや、別に？」

めずらしいものを見るような目をして少し笑った柴谷は、思い出したように「あ」と声をあげる。

「お前昼どうすんの」

「購買でなにか買おうかなって」

「残念だけど、今日は購買休み。業者が臨時休業するって昨日お知らせされてただろ」

柴谷に言われてハッとする。たしかに昨日、そんな放送が流れていたような気がする。

ということは、わたしは今日昼食抜きだ。朝食も昼食も抜くとなると、かなりつらい。

自業自得だ。がっくりと肩を落とす。

「お前、もしかして食わないつもり？」

「仕方がないかなって。購買休みならどうしようもないし」

正直、お弁当抜きは結構きつい。

肉体的にもきついし、午後の授業でお腹が鳴るときの恐怖に耐えないといけないとなると、精神的にもかなりきつい。

「ちゃんと食わねえと倒れるだろ。顔色もよくない気がする」

柴谷は少し首をかしげて、うつむくわたしの顔をのぞきこんだ。

「そんなこと……」

ないよ、と言いかけた口を噤《つぐ》んだ。今朝、鏡の前で見た自分の顔は、気味が悪くなるほどに青白かった。きっと柴谷の言うとおり、わたしの顔色は悪いのだろう。

ふと顔をあげたすぐそばに柴谷の顔があって、途端に心臓が暴れだす。ヒュ、と息が止まった。

三十センチものさしでは、明らかに長すぎる。

至近距離もいいところだ。

「近く、ない？」

付き合っているわけではないと言ったくせに、この距離はどう考えてもおかしい。少し身を乗り出せば鼻先が触れ合うくらいの距離に、彼はいた。

「……嫌？」

は、と息が洩れる。伏し目がちな彼の目がわたしを見ていた。いつも聞いているよりも低い声に耳が痺《しび》れる。

わたしは嫌なのだろうか。近い距離に彼がいることが。

自分に問いかけてみても、なかなか答えは見つからなかった。

黙り込んだわたしから目を逸らした柴谷は、ふ、と小さく息を洩らした。それは今まで一度も見たことがないほど、消えてしまいそうな微笑だった。

心臓を鷲掴《わしづか》みにされたような感覚になる。それは、彼が撮った写真をはじめて見たときの感覚と似ていた。

しばらく動きを止めていた柴谷は、悪い、と言葉を落として後ろに下がる。

その瞬間、勢いよく空気が肺に流れ込んでくる。無意識のうちに息を止めていたみたいだ。

さっきは儚《はかな》く微笑んでいたはずなのに、もうすでに彼は何も意識していないみたいに、平然としている。頬が赤くなることも、必死に息をしている様子も見せない。

わたしに「近い」と指摘された気まずささえ感じていないようだった。

わたしばかりが気にしているみたいで、なんだか悔しい。

柴谷にとって、わたしの存在って何なのだろう。

柴谷の顔を見るのが、なんだか無性に恥ずかしい。目を合わせたら、さっき至近距離で見つめ合ったときの熱がよみがえってくるような気がした。

会話をしないまま、黙って空を眺める。柴谷は相変わらず真剣なまなざしで写真を撮っていた。

いつかこの青空を窓ガラス越しではなくて、直接見てみたい。

柴谷のとなりで。


予鈴が鳴って、わたしたちはおもむろに立ち上がった。美術倉庫にカメラを片付けにいく柴谷。

わたしが先に帰ろうとすると、柴谷はめずらしく「そこで待ってろ」と言った。

何か特別な用事でもあるのかと思ったけれど、そうではないらしい。

完全に彼の気まぐれだった。

カメラを返してきた柴谷の少し後ろを歩いて教室に戻る。

教室に入る直前、戸に手をかけた柴谷は振り返った。

「しょうがねえな」

廊下の窓から差し込む光が、彼を静かに照らす。

「昼、集合な」

——あの場所で。

彼の唇の動きが、そう言っていた。

「集合って……どういうこと？」

「昼飯、何とかしてやるって言ってんだよ」

秘密の場所で、秘密の待ち合わせを取りつけた彼の背中が教室に溶けていく。

わたしは声を出せないまま、その背中を見つめていることしかできなかった。

深呼吸をしてから教室に入ると、もう柴谷は男子に囲まれていた。さっきまでわたしと一緒にいたのに、目すら合わない。

無意識にこぼれ落ちたため息が、教室の空気に溶けていく。

「おはよう、葉瀬さん」

「山井さんおはようございます」

控えめに手を振る山井さんに挨拶を返し、わたしも自分の席につく。彼女は少し前のグループ活動のとき以来、こうして挨拶をしてくれるようになった。

その他のクラスメイトは何も言ってこないけれど、今日だけは、やけに視線を感じた。その理由を考えて、はたと思いつく。

今さっき、柴谷に続くようにして教室に入ったからだ。

今日は柴谷がカメラを返してくるまで待っていたから、時間差ができなかったのだ。

柴谷は、中性的でとても綺麗な容姿をしている。

つややかなストレートの黒髪とか、彫りの深い顔立ちとか、透き通った白い肌とか、しなやかな指先とか、どこか別世界の人間みたいなところが、また彼の魅力を増しているのだと思う。

そういうわけで、彼と同じようなタイミングで教室に入ってしまったわたしが、女子に注目される理由はなんとなく分かった。

横目で柴谷を盗み見る。柴谷は無表情かと思いきや、そばにいた男子の発言で急に笑ってみたり、おどけたようすの男子にツッコミを入れたり、呆れたように目を伏せたりと楽しそうに表情を変えていた。

いつもの柴谷だ、と思う。

男子に囲まれているときに見せる笑顔。女子と話しているときに見せる気だるげな顔。

そして、わたしと一緒にいるときに見せる優しい顔。

すべてが違うから、どれが本当の柴谷なのかが分からなくなる。

——ああ、本当に。君は、わたしを困らせるのが上手だ。

昼休み。いつもの空き教室に行くと、もう柴谷はそこで待っていた。

「おまたせ」

そう言って柴谷の後ろの席に座る。空き教室はひどく静かで、ふたりきりであることを意識してしまい、妙に落ち着かなくなる。

落ち着け、わたし。動揺することなんて何もない。

思いの外《ほか》騒ぎだす心の内を悟られないように、必死に言葉を探した。咄嗟《とっさ》に浮かんだ疑問をそのまま口にする。

「柴谷はいつもここで食べてるの？」

「そうだよ」

端的な回答だった。

いつも教室に彼がいないのは、この場所で、ひとりで過ごしていたからなんだ。

少し前から疑問に思っていたことの答え合わせ。

柴谷は手に持っていた袋をひっくり返した。どさどさっと、たくさんの食べ物が出てくる。

「好きなの選べよ」

「えっ……」

おにぎり二個、サンドウィッチや唐揚げ、ヨーグルト。サラダ、冷凍フルーツまである。わたしが想像する倍以上の食事量に驚く。柴谷は細身だけど肩幅はそれなりにがっしりしているし、食べる量もわたしより多いのは当然だ。わたしが食べてしまったら、逆に柴谷のほうが物足りなくなるかもしれない。

黙っていると、柴谷は、

「お前、梅《うめ》好きだっただろ。やるよ」

と言って梅のおにぎりを差し出した。好きだっただろ、という言葉が耳を抜け、驚いて顔をあげると、柴谷もハッとしたように一瞬目を見開き、それからすっと視線を逸らした。その表情がひどく切なそうに見えて、胸の奥が締め付けられたみたいに苦しくなる。

しばし沈黙が降りる。この雰囲気から抜け出すために、わたしはあわてて疑問を口にした。

「もしかしてお昼、毎日コンビニ食品なの？」

「違えよ。今日はたまたま」

「毎日コンビニ食品だったら、身体に悪すぎてどうしようかと思った」

「俺、そんなに健康に気遣ってないイメージなのかよ」

「……うん、ちょっとだけ」

朝もよくコンビニの袋を持っているから素直にうなずくと、はいこれ没収な、とおにぎりが取られそうになったのであわてて死守する。さっきまでの雰囲気が消え、いつもの調子に戻った柴谷に安堵《あんど》した。

「美味しくいただきます」

「感謝しろ」

感謝してるってば、と心の中で思う。

横柄《おうへい》な態度はどうにかしたほうがいいよ、といらぬことを思いつつも、昼食を分けてもらったので柴谷には頭が上がらない。素直に合掌《がっしょう》をした。

コンビニ食品を食べる機会は多い。

できるだけ母の手を煩《わずら》わせないために、休日の昼食はだいたいコンビニで済ませているから。

当然この梅おにぎりにはいつもお世話になっている。

それなのに、このおにぎりはまるで魔法でもかかったみたいだ。いつもよりも美味しく感じる。

わたしの横で、柴谷は静かに笑っていた。

柔らかい印象が前面に押し出される。不覚にも、きれいだと思った。

ふと浮かんだ疑問をそのまま口にする。

「いつもひとりなの？」

笑顔を浮かべていた柴谷の口許《くちもと》が、ほんの少しだけ歪《ゆが》むのが分かった。柴谷は、どこか遠くに視線を向けたまま、

「悪いかよ」

と言って目を細める。

ぶっきらぼうな口調はいつもと変わらない。

それなのに、彼の横顔は少しだけ寂《さみ》しそうに見えた。

「悪いとかじゃないけど、その。寂しく……ない？」

まっすぐ先に空が見える。青く透き通った空。

溶けていきそうなほど澄んでいるから、そんな疑問が口をついたのかもしれない。

「お前は？」

え、と声が洩れる。

質問に質問返しはよくないと、過去に誰かが言っていた。

記憶が定かではないけれど、たしか中学時代の国語の先生だったような気がする。

「お前は寂しくないの？」

柴谷と、ようやく目が合った。

――わたしは、さみしいのだろうか。

なぞるように自分に問いかけてみる。

寂しいって、どういうことだろう。大切なものがなくなったとき、会いたいと願う人に会えないとき、自分の周りに人がいないとき。

それを寂しいというのなら、わたしは。

「そっか。わたし……寂しいんだ」

ずっと考えていた、息苦しさの理由。

わたしは、寂しがっている。無意識のうちに、心が勝手にぬくもりを求めていたのだ。

柴谷、と呼ぼうとした唇が震える。たった四文字を発音することさえも、今のわたしには難しかった。

親にもクラスメイトにも腫れ物のように扱われて、誰にも自分の気持ちを打ち明けられないまま、仕方がないと受け入れて生きていくしかないと思っていた。

けれど、ひとりはしんどい。一緒に支えてくれる人がいないと、わたしだけでは苦しい。

手足の動かし方、感情の出し方、息の仕方すら分からなくなってしまう。

……わたしは、ひとりぼっちだから、寂しいのだ。

「きっとあの日、柴谷がわたしの前に現れて、こうして一緒に過ごす時間をつくってくれなかったら……わたしは息苦しさに溺れて、とっくにだめになっていたと思う」

食べ終えたおにぎりの包装をぎゅっと手のひらで包み込む。

そのままぎゅうぎゅうと握っていると、ふと、あたたかいものが頬を伝った。

伸びてきた彼の指先が、ゆっくりとそれをぬぐう。

透明な涙だった。

どうして彼はわたしに優しくするのか。

ここまでわたしに付き合ってくれるメリットは何なのか。

彼と出会ったあの日から、ずっとその答えを探していた。

「安心しろ。俺が一緒にいてやるよ」

ああ、だから、彼は。

彼がわたしのそばにいてくれる理由が、一つ分かった気がした。

彼はわたしの心を早々《そうそう》に見抜いていて、わたし自身でさえ気がつかなかった寂しさの理由にも気づいたうえで、何も言わずにとなりにいてくれたのだ。

彼は優しいから。

自分が寂しいことにすら気づけない可哀想なわたしのそばにいて、わたしを支えてくれていた。

『俺は優しいから、ひとりぼっちで可哀想なお前のとなりにいてやるって言ってんだ』

彼は何も嘘なんて言っていなかった。

何か裏があるのかもしれないとわたしが勝手に疑って、彼のことを信じていなかっただけで、彼の言葉には『本当』しかなかったのだ。

ふたりで、真っ青な空を眺める。雲一つない、いっさいの濁《にご》りもない。一色で描かれた空だった。

「葉瀬」

空を見たまま、柴谷が口を開く。わたしも同じように空を見つめながら、次の言葉を待った。

「助けてほしいときは、言え。言葉にされないと、気づいてやれないこともある」

心に響く言葉だった。ふ、と息が洩れる。

自然と柴谷のほうを見ると、同じようにこちらを向いた柴谷と、視線が絡み合う。

差しこむ陽光を反射して、きらきら輝く彼の瞳。

そっと、告げられた。じわりと心の中に彼の言葉が広がっていって、また一つ、涙がこぼれ落ちる。

〝わたし〟として、〝葉瀬紬〟の人生を歩み始めてから、一滴も出なかったはずの涙。苦しい、痛いと嘆《なげ》いても、一向に流れるはずのなかったものを、彼はこんなにも簡単に流させてしまった。

わたしの心は、あっさり彼に絆《ほだ》されてしまったのだ。

「なんで寂しいって分かったの？」

わたしが何も言っていないうちから、彼はわたしの気持ちを見抜いていた。その理由が気になって訊《たず》ねると、柴谷は少し考えてから、

「なんとなく」

と言った。曖昧な回答に首を傾《かし》げる。

「それって理由になるの？」

なるよ、と断言される。あまりの迷いのなさに驚いた。

「葉瀬にもいつか分かるよ」

「……ふぅん」

いつか、だなんて。

「──俺が、いるから」

まるでわたしよりも先に進んでいるかのような物言いに、なんだかもやもやする。

顔を背けていると、ふいに柴谷が「あ」と声を上げた。

「葉瀬、そんな拗《す》ねるなって。いいモンやるから」

「拗ねてないよ」

拗ねてないと言ったのに、それすらお見通しだと柴谷は笑っていた。彼はいたずらっぽく口角を上げて、何かを袋から取り出す。

これやるよ、と半ば強引に手渡されたのは一粒のキャラメルだった。

「食べてみ」

「……ありがと」

茶色い直方体を口の中に放ると、砂糖の甘さが広がる。

卵焼きと同じで、甘いものは好きだ。

「美味《うま》いだろ」

「うん。ありがとう」

わたしの反応に満足したのか、柴谷はクククッと笑っていた。あくまでわたしが食べたのであって、柴谷自身が食べたわけでもないのに、なんだか嬉《うれ》しそうだった。

それにしてもミルクキャラメルか。

柴谷が甘いもの好きなのは意外だった。

少しだけかわいいな、と思う。かわいいというのはあれだ。コンビニで甘いものを選んでいる姿が想像できないから、ギャップがかわいいというだけの話だ。

ひとりでよく分からない訂正を挟みながら、ひっそりと脳内の【柴谷図鑑】に「甘いもの好き」と書いておく。もしかしたらこの先役に立つかもしれないし。

「……いや、役立つわけないか」

「は?」

おかしくなってぼそっとつぶやくと、柴谷は眉をひそめた。その顔がおかしくてプッと吹き出すと、つられたように柴谷も笑う。

その表情があどけなくて、いつもとは違う彼を見られたような気がして、どこか懐かしい気持ちになる。

「そういえばね。わたし、毎朝柴谷がおはようって言ってくれると安心するの。本当のわたしが目覚めるみたいで……って、ごめん。難しいよね」

柴谷の挨拶がどれだけわたしにとって大切かを伝えようとしたけれど、うまく言語化できずに語尾が小さくなる。けれど柴谷は笑いながら、

「いや、わかる。なんとなくだけど」

と言った。彼なりにかみ砕いて理解しようとしてくれているのがわかり、心があたた

かい感情に包まれていく。

「だから……いつもありがとう、柴谷」

おう、と返事をした柴谷は、ふいっと顔を逸らした。

どこか素《そ》っ気《け》ないように見える所作も、今なら気にしないでいられる。

彼はちょっと不器用なだけで、本当はとても優しい人だと気づいたから。

「……ねえ、柴谷」

「ん？」

「明日からも、ここで一緒に食べてもいい？」

「当たり前」

期待していた以上の回答に、思わず頬がゆるんだ。

朝だけじゃなくて、昼も彼に会いたい。もっと彼のことを知りたい。

毎日彼の声で、わたしは目覚める。

彼が「おはよ、葉瀬」と言ってくれてはじめて、わたしはようやく息ができるようになるのだ。

「だめだったら誘ってねーよ」

彼が笑うたび揺れる黒髪が、陽光を浴びて輝いていた。

『葉瀬、スマホ出して。連絡先』

柴谷とお昼を共にするようになってから二週間が経《た》ったころ、アドレスの交換をした。

スマホは新調してもらい、履歴には父と母の名前だけがぽつぽつと並んでいる。

『もちろん紬が使いたかったら、前のスマホを使ってもいいよ。まだ契約したままだから』

わたしを気遣ってくれる母の言葉に、申し訳ない気持ちになったのを覚えている。

けれど結局、前のスマホは一度も使えていない。

〝本当の葉瀬紬〟がいったいどんな人物で、誰と、どんな会話をしていたのか見るのがこわいのだ。

新しいスマホの連絡先を開くと、一番上に表示された文字にドキリとする。

【柴谷】

もうすっかり耳になじんだ苗字。柴谷、しばたに、と。

最近のわたしは、もう彼のことしか呼んでいない気がする。

連絡先の交換をしたものの、とくに連絡することがないから、直接的な意味があるのかは分からない。

けれどここに彼の名前があるだけで、不思議と支えられているような気持ちになるのだ。

そのときピロンとメールの着信。メールフォルダを開くと、母からだった。

『ごめん。今日遅くなるから冷蔵庫のご飯食べておいてね』

共働きの両親は、ふたりともわたしが夕食を食べ終わってから帰ってくる。もともと仕事が遅くに終わるのかもしれない。けれど心なしか、わたしがひとりになる時間を作ってくれているような気がするのは、考えすぎだろうか。

帰りが遅い両親のためにわたしができることといえば、自分でご飯を食べてできるだけ手間のかからないように片付けておくことだけ。

料理するよと言えば、それは大丈夫だと断られた。毎日自分のお弁当を用意するだけでじゅうぶんだと。けれど、そのおかずすら母が作ってくれているので、結局わたしはお弁当箱に食材を詰めることしかしていないのだ。

「いただきます」

チッチッと秒針が時を刻む。

テレビをつけることすら面倒で、音のない部屋のまま、夕食を口に運んでは咀嚼《そしゃく》する。

寂しいという気持ちが浮かびそうになったけれど、また明日も柴谷と一緒に昼食をとれると思えば、沈みかけた心が少しずつ明るくなっていく気がした。

食器を洗って二階に上がろうとしたとき、ふいに襲ってきた頭痛に思わず目を閉じて壁に縋った。夢の中のような砂あらしの先に、押し入れが見えた。ぼやけていてはっきりとは見えないけれど、わたしが何かをその押し入れの中にしまっている。

普段から使っていた押し入れのようだった。波が引くように頭痛が落ち着いたあと、自室に戻るために廊下を歩いていると、二階へと続く階段のとなりの部屋にある押し入れに目が留まった。

「……え、これ」

今まで気になったことなどなかったのに、思わず凝視してしまったのは、この押し入れと先ほど砂あらしに紛れて見た押し入れが、そっくりだったからだ。

なにか、わかるかもしれない。そう思うと、無性に開けたくてたまらなくなった。

無意識のうちに手を伸ばしていたらしい。冷たい金具の引き手に指が触れる。

「……っ！」

タイミングを見計らったかのように、キィィンと耳鳴りがして、次の瞬間にはとっさに手を離していた。ドクドクとものすごい速さで鼓動が波打っている。目が回って、呼吸が浅くなって、歯を食いしばっていないと今にも倒れそうな頭痛に再び襲われる。

嘘でしょ？

「無理だ……」

後ずさって、金具の引き手をじっと見つめる。

何か大切なものがこの中にあるはずなのに、どうしても身体が動かなかった。

視線が一点に集中する。身体だけじゃなく、視線までもが動かなくなることがあるのだ。

くるりと背を向けて、逃げるようにその場を去る。

べっとりと全身に汗をかいていた。

自分の部屋に入ってもなお、身体から汗が噴《ふ》き出してくる。

電気をつける余裕などない。窓から差す夕日が、家具の影をつくる。

呼吸を整えようと深呼吸を繰り返しても、わたしの足は震えたままだった。

＊

「柴谷見て！　今日はお弁当に卵焼き二個入ってまーす」

「よかったな」

「反応薄っ！　お母さんが作る卵焼き、すごく甘くて大好きなの。柴谷も一個食べる？」

「食べない。お前、ほんと甘いもの好きだよな」

「もう！　ぜったい美味しいのに……てか、柴谷はまたコンビニ食品じゃん」

「悪いかよ」

「身体にはあんまりよくないでしょ。仕方ないなぁ、そんな可哀想な柴谷には、このミルクキャラメルをあげよう」

「甘いの苦手って言ってんだろ」

「あはっ、知ってる！」

四．未完成をつむぐ

「おはよう、紬」

午前四時三十分。いつもどおりの朝を共に迎えたのは母だった。

リビングのドアを開けると、もう母はソファーに座っていた。

驚いて突っ立ったままのわたしに、母は何度か瞬きをしてから、

「今日は早く目が覚めちゃって。あ、でも今起きたところだけど」

とつぶやいた。それきり、秒針の音しか聞こえなくなる。

今起きたところ、という割には整っている髪や、しっかり開いた目を見る限り、それを寝起きと呼ぶには少々苦しい。

「わたし、お弁当を作りにきて……」

「お弁当なら作ってあるよ。紬が少しでも楽になるといいなと思って」

わたしに被せるように告げられたその言葉で確信した。

この早すぎる時間よりも、もっと早くから、母は起きてわたしを待っていたのだ。

「そう、なんだ」

相手が嘘をついていると気づいたとき、その反応に困ることがある。何か理由があるのだろうかと、わざと気づかないふりをすることもあれば、指摘することもある。

すべては相手との親密度で決まることだけれど、嘘を見過ごすことで後々《のちのち》大きな後悔になったり、逆に見破ってしまったせいで関係にヒビが入ったりする。

そこの見極めが難しい。

「たまにはお弁当詰めるのもいいわね、楽しくて」

わたしに嘘をついた母は、小さく笑ってキッチンへ向かった。

「あの、お母さん」

「ん？」

「お弁当作ってくれてありがとうございます」

しまった。

こういうときこそ敬語はやめるべきだった。言ってしまってから後悔するだけで、言い直すこともできないのでうつむく。

「いいのよ」

それは何に対してか。

お弁当を作ってくれてありがとうに対する言葉か、敬語のままでごめんなさいに対する言葉か。

その真意は、母の微笑みからは読み取れなかった。

「そうだ紬、朝ごはん食べていく？」

目が合う。

これが母の早起きの〝本当の理由〟なんだ、と唐突に理解した。

――朝ごはん食べていく？

母はこれをわたしに訊くためだけに、早起きをしてわたしを待っていたのだ。

偶然起きてしまったふうを装いながら。

いつか一緒に朝食を食べられるようになりたいと思っていたけれど、そんな願望は柴谷にしか言ったことがなかったから、まさか何も知らない母がここまでしてくれるなんて思わなかった。半ば夢を見ているような気持ちのまま、こくりとうなずく。

「……食べたい」

よかった、と小声でつぶやいた母に、学校の支度《したく》をすると告げ、わたしは自室に戻った。

想定外の出来事にまだ少し取り乱している。深く息を吸って、呼吸を整える。

今日は学校に行くのがいつもより遅くなるだろう。

朝ごはんを食べていく以上、当然のことだ。

柴谷に連絡すべきか迷う。そのためのスマホだ、と叫ぶ自分もいれば、そんなことで連絡するのか、と囁《ささや》く自分もいて、両極の意見に翻弄《ほんろう》されてしまう。

【今日わたしは学校に行くのが遅くなる】

悩んだ結果、英語の教科書に載っている例文のような、なんともお堅い文章になってしまった。英訳しなさい、という指示とともに提示されるそれらを見ては、違和感のある日本語だなと思っていた。まさか自分がそんな文章を打つことになるなんて、と笑えてしまう。

リビングに戻ると、テーブルには色とりどりの朝食が並んでいた。

おにぎりとミネストローネ、卵焼き、焼き鮭《ざけ》とグリーンサラダ、デザートにキウイヨーグルト。いつから準備して、いつから待っていてくれたのだろう。

朝食を口に運ぶわたしを、母は向かいの椅子に座って静かに見ていた。とくに会話をするわけでもない。だけど、沈黙にいつものような気まずさは感じなかった。むしろ今までにはない心地よさを感じていた。

まさか、こんなにすぐに願いが叶ってしまうなんて。ただ、わたしからきっかけをつくったわけではなく、これはあくまで母の優しさの結果だ。

そこは履《は》き違えてはいけない。

「ごちそうさまでした」

「ありがとうね、紬」

合掌すると、母は泣きそうな顔で微笑んだ。流しまで食器を運びながら、じゅうぶんすぎるほど丁寧に作られていた朝食を思い出す。

お礼を言うのはわたしのほうなのに、この人はどこまでいい人なのだろう。わたしは親に恵まれすぎている。

「紬。本当にありがとう」

もう一度お礼を告げた母に、うん、とうなずく。じんわりと心の内側からあたたかいものが込み上げてきた。

部屋に戻ると、机の上に置いてあるスマホに着信があった。言うまでもなく、柴谷からだ。

深呼吸をして、メッセージ画面を開く。何と返ってくるのか気になってそわそわしていたのに、送られてきたメッセージを見て拍子抜けしてしまった。

【了解】

ふは、と笑みが洩れる。端的すぎて逆におもしろい。

業務連絡が成立してしまったみたいだ。

けれど柴谷の返信はこれがしっくりくるような気がした。逆に長文を送られてくるほうが、イメージと違って驚いてしまうだろう。

可笑《おか》しくなってひとり笑っていると、追加でメッセージが送られてくる。

何だろう。言い忘れたことでもあるのだろうか。

未開封の追加メッセージを開く。

【待ってる】

液晶画面を目でなぞり、気付けばスマホを凝視していた。

ぎゅっと心臓が掴まれたように苦しくなる。

——待ってる。

柴谷は、わたしを待っている。

彼の文章をそのまま受け取っていいのならば、こんな解釈になる。

柴谷はすごい。たった四文字だけで、わたしが学校に行く理由をつくってくれるから。

シャツの上にリボンをつけて、白いカーディガンを羽織る。玄関へ向かう途中でリビングから顔を出した母が「いってらっしゃい」と笑みを浮かべた。

いってきます、とまだ上手く動かない口から声を出す。誰かに挨拶をして出かけるのは、〝わたし〟としてはじめてだった。

ドアノブに手をかけたところで、ふいに母が名前を呼んだ。

「紬」

「気をつけてね」

わたしと同じようにまた、母も緊張しているのかもしれない。わたしにとっての母も、母にとってのわたしも、お互いに他人でしかないのだから。

それでも母はわたしに向き合ってくれようとしている。

わたしはいつも逃げてばかりで、こうなってしまったのは運命だったと甘えて、向き合おうとしなかったのに。
それでもこの人は、お母さんは、ずっとわたしを見てくれていた。
うん、とうなずく。
ずっとわたしたちの前にあった見えない壁が、徐々に崩れていく音がした。
息を吸って、逃げ続けていたその目に視線を合わせる。とても優しいまなざしが、
わたしを捉えた。
ずっと言えなかったその言葉を、今なら言えるような気がした。
「ありがとう、お母さん」

ドアを開けると、秋風が頬を突き刺した。頬が冷えたことで、身体までもがぶるり
と震える。最近、めっきり秋めいて肌寒くなった。

「あ、紅葉」

見上げると、秋晴れの澄んだ空に、紅葉がひらひらと舞っていた。青と赤のコント
ラストに、思わず目を細める。

……どんな色合いにしよう。配色は。構図は。メインに描くものは何にしよう。

「え?」

ふと思考が変なほうへと曲がっていることに気づいて、思わず足を止めた。

どうしてそんなことを考えてしまったのだろう。

けれどいくら考えても納得のいく答えは導き出せなかった。不完全燃焼のようなもやもやした気持ちのまま、紅葉が舞い散るなかを歩く。

――さっき、わたしではない『何か』が出てきたような感覚だった。

ずっと恐れていた。

以前の葉瀬紬が、わたしを乗っ取ろうとする……違う。

葉瀬紬という『本物』が、『ニセモノ』のわたしからすべてを取り返そうとする日を。

それは信じられないほど苦しいこと。

だけどきっと周りの人たちは本物を望んでいる。両親はたぶん、安堵で涙を流すだろう。わたしと距離を取っている友達はまた寄ってきてくれるようになるだろう。山井さんも今より親密に話しかけてくれるようになるかもしれない。

柴谷は……彼も、そっちのほうが嬉しいと思う。

今のわたしは誰にも求められていない。

だからわたしは早く記憶を取り戻さなくちゃいけない。

みんなのために、消えなくてはいけない存在。

無意識のうちに唇を噛《か》んでいた。

……悔しいのか、わたしは。

泣くほど悲しいのか、わたしは。

消えたいと思って生活していたはずなのに、いつしか消えたくないと思ってしまうようになっていたのか。

それが本当だったとしたら、きっかけをくれた人は、たったひとりしかいない。

「おはよ、葉瀬」

下を向いていたから、急に声が飛んできてびくりと肩が跳ねた。

最初は、ついに幻聴が聞こえるようになったのかと思った。

けれどどうやら、幻ではなかったらしい。視線を上げると、歩道の真ん中で柴谷が片手を上げていた。学校はまだ先なのに、急に現れた柴谷にびっくりする。

「しば……っ、なんで、いるの？」

「朝の時間取れないだろうから。今日だけ特別」

あどけない顔で笑う柴谷のもとへ駆け寄る。

「でも、家から遠くないの？　どうしてわざわざここまで」

「迷惑？」

「それはないけど、でも」

迷惑なんて、思うわけない。けれどおそらく、柴谷の家からここまで結構距離があるはずだ。見たところ自転車というわけでもなさそうだし、きっとここまで歩いてきたのだろう。

どうしてわざわざ、そこまでしてわたしを。

それに、どうしてわたしの家を知っているのか。

そんな疑問が生まれたけれど、すぐに解決した。

だって、答えはたったひとつだけ。昔の葉瀬紬が、柴谷に教えたのだ。それほど親密だったのだろう、わたしたちは。

どうして、と理由を求めるわたしに、苛立ったようにくしゃっと頭をかいた柴谷は、そっぽを向いたまま告げた。

「会いたくなったから」

「……え」

「これが理由。お前うるさいから。これで満足？」

言葉は刺々《とげとげ》しいのに、全然嫌な気がしないのは、一つ前に言われた言葉があまりに強烈すぎたからかもしれない。

「……なにそれ」

ほんと、なにそれ。

会いたくなったって、なにそれ。

柴谷は また飄々としていた。彼には照れという感情がないのか。

それとも、本当はそんなふうに思っていないから簡単に言葉にできるのか。

恥ずかしげもなくそんなことを口にする柴谷。

彼は余裕そうで、わたしばかり意識してバカみたい。

それきり何も発せなくなって、口を噤んだ。

「目覚めは早いほうがいいだろ?」

柴谷が言葉をつむぐ。

この前わたしが柴谷に告げた言葉を、理解して覚えていてくれたなんて。

心臓を鷲掴みにされたような感覚だった。この感覚は、三度目。はじめて写真を見たときと、至近距離で見つめ合ったとき。そして、今だ。

あ、と頼りない声が洩れたきり、話しかたを忘れたみたいに声が出なくなる。

その代わりに心臓の音だけが響くものだから、柴谷に届いてしまうんじゃないかと心配になった。

耳のすぐ横で、鼓動が鳴り響いている。トンッと誰かに背中を押されたような気がした。

「ねぇ、柴谷……っ」

歩き出したその背に声をかける。

ねぇ、柴谷。

わたし、君の。

「写真、撮ってもいい？」

何か形に残しておきたかった。こんな時間が在ったのだと、証明する何かが欲しかった。

ああ、そうか。だから柴谷は写真を撮るのだ。

この一瞬の幸せを、たしかな青春を、忘れずに残しておくために。

スマホを構えたわたしを見て、驚いたように目を開いた柴谷は、それから少し笑った。

この瞬間を、思い出せますように。

彼と離れる日が来ても、わたしがわたしじゃなくなる日が来ても、何度でも、何度でも。

その日、空っぽだったわたしのカメラロールに、はじめての色が加わった。


【全国高校生フォトコンテスト】

図書室に行ったときのことだ。

少しでも記憶喪失の手がかりが欲しくて、その類《たぐい》の本を抱えて貸し出しカウンターに向かう途中。

ふと、棚に置かれた冊子のタイトルに目を引かれた。

【フォト】という字に足が止まってしまったのは、同時に柴谷の顔が思い浮かんだからだ。

「気になるの？」

囁く声に振り向くと、ネームプレートを首から下げた女性が立っていた。

司書さんか、と理解する。

「気になるっていうか、その」

「ん？」

「とも……知り合いの写真が載ってるのかなって、思って」

気になっている以外の何でもないのに、すぐに否定してしまって後悔した。柴谷のことを友達と呼ぶのも何だか憚《はばか》られて、言葉に詰まってから答える。

けれど司書さんはとくに気にしたようすもなく、「そうなのね」と穏やかに笑うと、わたしが持っていた本を受け取り、手続きを始める。手持ち無沙汰《ぶさた》になったわたしは、まるで吸い寄せられるように、フォトコンテストの冊子を開いていた。

フォトコンテストは、毎年開催されているらしい。この冊子は今年のもので、ついこの間結果が出たのだという。

応募されている写真はすべてポートレート——人物の写真だった。

受賞した写真の横に、高校名と名前が載っている。

そこに柴谷の写真はなかった。

何度も最初から最後までくまなく目を通して、目次も見返した。けれど、何度見ても彼の名前はそこには載っていなかった。

「あった？」

貸し出し手続きを終えた司書さんの声に、力なく首を振る。

信じられない。

てっきり受賞しているものだと思っていた。

わたしに写真の才能なんてない。

どの写真が優れているかの判断なんてできやしない。

それでも、彼の写真は評価されるべきだ。

はじめて見たとき、本当に衝撃を受けた。彼が切りとる世界は繊細で、美しくて。

街の上を飛ぶ飛行機や、風に揺れる道端のコスモス、水たまりに映る月。その瞬間にしか見られない数々のものが、彼の写真には閉じ込められていた。

だからきっと、彼が撮るポートレートも美しいのだろう。

素人《しろうと》のわたしでも、心惹かれるものが彼の写真にはあるのだから。

「ちなみに、その人の名前は？」

いきなり後ろから声がして振り返ると、眼鏡《めがね》をかけた男性がこちらを見ていた。

司書さんが、「写真部顧問の先生よ」と教えてくれる。

写真部の先生なら、柴谷のことを知っているかもしれない。勝手に名前を出すのには多少の抵抗があったけれど、しばらく逡巡《しゅんじゅん》したのち顔を上げる。

彼の名前を伝えてでも、彼の写真が載っているのを見たかったのだ。

「柴谷です」

そう告げた瞬間、顧問の先生の顔がスッと曇る。

ほとんど一瞬の表情の変化を、わたしは見逃さなかった。

――見逃せなかった。

「やっぱり柴谷のこと、知ってるんですか」

「え？」

これ、訊いてもいいのかな、とか。

気づかなかったふりをしたほうが幸せなんじゃないか、とか。

普段なら嫌というほど考えるはずのそれを、今はまったく気にしていなかった。

困惑したように苦笑する顧問の先生は、やがて観念したように「彼の写真を見たことがあるんだ」と言葉を落とした。

「あまりにいい写真を撮るものだから、何度も写真部に勧誘したんだ。今のところ僕の全敗だけれどね」

　てっきり柴谷は写真部に所属していると思っていたから驚く。けれども、写真部の先生の勧誘を受けるほど、やはり彼は写真を撮るのが上手いのだ、と理解する。だったらなおさら、彼のことを知りたい。

　どうして冊子《ここ》に名前が載っていないのか。

「何か、理由があるんですか」

「え？」

「柴谷は、どうして載ってないんですか。受賞しなかったんですか。コンテストって、写真部に入っていなくても出すことはできますよね」

　先生の言葉を聞く限りだと、彼にはまちがいなく才能があるみたいだ。

　受賞しないなどあり得ない、と。先生の口ぶりから、それくらい強い期待と信頼を感じた。

　それなのに、彼の写真はこの冊子に載っていない。評価されていない。

　そんなのおかしい。

　矢継ぎ早に質問するわたしを一瞥《いちべつ》した写真部の先生は、窓の外に視線を移した。

　薄暗い曇で覆《おお》われた空から、ポツポツと小雨《こさめ》が落ちてくる。それはすぐに、激しい音へと変わった。

真実を聞くのがこわい。

フォトコンテストの冊子を持つ手に力がこもる。

しばらく逡巡したように黙っていた先生は、小さく息を吐いて、そっと目を伏せた。

「何度も誘ったさ。もちろん、そのコンテストにもね。だけど……」

先生の瞳に影が落ちる。降りしきる雨の音が遠くなる。

「応募しなかったんだ、彼」


いつもの場所で、同じようにカメラを構える柴谷の背中を見つめていた。早朝の空気が日に日に冷たくなっているのが分かる。

「ねえ、柴谷」

「ん?」

彼の瞳がスッとわたしに流れる。世界を切りとっていた硝子玉《がらすだま》のような瞳は、わたしだけを捉えていた。

「写真、コンテストには出さないの?」

彼はコンテストに応募しなかった。その事実を知ったのは、先週の水曜日のこと。

本当はもっと早く理由を訊きたかったのだけれど、彼にとって触れてはいけない部分のような気がして、なかなか踏み出せなかった。

思えば、彼は一度もわたしの記憶について訊いたことがなかった。周りの憐《あわ》れむ視線を取り払ってくれることはあっても、彼から話題に出したことは一度だってない。彼は最初から、まるでわたしがフツウであるかのように接してくれていた。

それなのに、わたしは自制心よりも興味が勝ってしまったのだ。

「俺、写真部じゃねえし」

カメラを構えながら、柴谷が答える。

「じゃあどうして柴谷は写真を撮ってるの？　写真部には入らないの？」

「写真部だとお題が決まってるせいで好きなもの撮れないから。だから部活入ってない」

たしかに、校内に飾ってある写真は建物や校内のとある場所の場合が多い。

一方、柴谷は静物の写真はあまり撮らない。彼の写真の被写体は、ずっと同じかたちで残るわけではなく、数時間したら変化してしまうものが多い。建物は時間が経っても同じ姿で残るけれど、桜や雨粒、虹などの景色は違う。時間が経てば、消えてしまうものばかりだ。

「俺は、そのときにしかないものの存在を、証明するために写真を撮ってる。たしかにここにいた、ここに在《あ》ったんだって証明するために」

力強い声だった。

そうか、と納得する。彼にとって写真部は自由がないのだ。

「人物の写真は撮らないの？」

「ポートレート？」

「うん。いつも景色ばっかりだから」

先週見たコンテストは、ポートレートであることが条件だった。もしかすると柴谷はポートレートが得意ではないのかもしれない。そう思ってその他の写真コンテストの結果も見てみたけれど、そのどれにも柴谷の名前はなかった。

少し視線を遠くへ向けた柴谷は、「過去に」と続ける。

「過去にふたりだけ、撮ったことがある」

「え、誰のこと撮ったの？」

「そんなの教えるわけないだろ」

ぶっきらぼうに突き放された。

「俺はもう、ポートレートは撮らない」

真剣なまなざしに、心が揺り動かされる。じっと柴谷を見つめていると、硬い顔をふっと緩ませた彼は、遠くに視線を飛ばして「もし」と小さな声を洩らした。

「もしこの先ポートレートを撮ることがあったら……撮れるときがきたら」

今にも消えてしまいそうなほど、弱々しい声だった。

「……最初の被写体はもう決めてるから」

「誰？」

「好きなやつ」

あまりにもまっすぐ告げられたから、聞きまちがえたかと思った。

目を見開いて聞き返そうとすると、

「それに俺にとって写真は趣味だから。撮りたいって思ったときに好きなもの撮んの」

誤魔化《ごまか》すように柴谷が言う。

「でも部活に入っていなくても、コンテストに出すことはできるでしょ」

カメラから顔を上げて、まぁ、と柴谷は曖昧にうなずく。

「柴谷、写真撮るの上手なんだから。コンテストに出してみればいいのに」

「いや、いい」

「もったいないよ。才能が評価されるせっかくの機会なのに」

何か好きなことがあって、実力も持っているのなら、チャレンジしてみるのは悪いことではないと思った。

挑戦するのは素敵なことだし、もし結果が伴わなかったとしても、わたしはきっと彼を讃《たた》える。そして、何度だって背中を押し続ける。

「もし結果が出なかったとしても、それって無駄なことじゃないでしょ。チャレンジしてみたらいいじゃない」

「お前」

気づけば、わたしを見る彼の瞳は、険しいものへと変わっていた。

ぐっと言葉に詰まる。苛立ったように眉を寄せた柴谷は、しばらく気を鎮《しず》めるように目を閉じていたけれど、やがてゆっくりと開いた。

「お前は俺の何なんだよ。自惚《うぬぼ》れてんじゃねえよ」

途端に身体が固まって動かなくなる。口の中が乾燥していくのが分かった。

耳は言葉を拾っているのに、脳へと届くことはない。

柴谷はわたしを拒絶している。

柴谷はわたしに怒っている。

それだけが、事実として存在しているだけだった。

柴谷はわたしをきつく睨みつけて、さらに言葉を続けた。

「無責任なこと言ってんじゃねえよ。お前、何も知らないくせに」

——何も知らないくせに。

言葉にされて、はじめて気がつく。

彼がわたしのそばにいてくれる理由。彼がひとりで昼食をとっていた理由。そして、彼がコンテストに挑戦しない理由。すべて、人間の行動にはその人なりの理由がある。それなのにわたしは彼の心の声を聞かないで、勝手に責めるようなことを言ってしまった。

踏み込みすぎた。傷つけてしまった。

彼が心を開いてくれているような気がしたから。距離が近くなったような気がしたから。

つい調子に乗って訊き過ぎてしまった。自惚れていると言われて当然だ。

「ごめんなさい」

嫌われてしまったかもしれない。もう、こうして朝の時間を過ごすことも、一緒に昼食をとることも、たまにスマホでやり取りすることも、すべてなくなってしまうかもしれない。

柴谷がいなくなってしまったら、わたしは。

涙がこぼれそうになる。うつむいたわたしの耳に、柴谷の声が飛んできた。

「――未完成だから」

思わず顔を上げた。

視界のすみで柴谷の横顔を捉える。彼がどんな表情をしているのか、わたしには分からなかった。

──未完成。

いまだ、かんせいしていない。

よく澄んだ声だった。その言葉が耳に届いたとき、気づいたら震える声で問いかけていた。

「……完成、させないの？」

『未』ってことは、『まだ』今はないだけで、これからがあるってことだから。未来と同じように、まだ先があるってことだから。

柴谷の写真が完成するのはいつなのだろう。そもそも、一瞬を切りとるはずの写真が未完成ってどういうことなのか。

「しないよ」

まっすぐに目が合う。いつのまにか、彼の瞳はわたしのほうへと向いていた。

「完成しないよ、一生」

そう言った彼は、どこか泣きそうな顔をしていた。

＊

「コンテスト、間に合うかな」

「分かんねえけど、ふたりならきっとできるよ」

「そうだよね！　よしっ、目指せ大賞！」

「ついて来て、葉瀬」

「もちろん！　一緒に頑張るために、あたしはここにいるからね！」


「なぁ、葉瀬」

「ん？」

「もしこの作品が完成したら……そしたら――」

五. 記憶の蓋《ふた》を開けて

「ねえ、四組の葉瀬さん知ってる？」

「あー……あの記憶喪失の？」

「そうそう！　やっぱり何にも覚えてないみたいだよ」

昼休み、〝いつもの場所〟に向かう途中、通り過ぎようとした空き教室から声が聞こえて、思わず立ち止まった。

ただの噂《うわさ》話だったなら、スルーしていたはずだった。けれど聞こえてしまった。

葉瀬さん、と。ようやく耳に馴染んできた自分の名前が。

「えー、じゃあ柴谷くんのことも覚えてないの？」

「わかんない。けど今もずっとふたりでいるらしいよ」

「あたしこの前ふたりで登校してるところ見たよ」

まじー？と声があがる。

ここから離れなきゃ。ここから先は、聞いてはだめ。

きっと傷ついてしまう。

それなのに、足が地面に張り付いてしまったように動かなかった。たらりとこめかみを汗が伝う。無意識のうちに唇を噛んでいた。

「柴谷くんの記憶だけは残ってるとか？」

「そんなことあるのかなぁ」

「ありそうじゃない？　そうじゃないとどうやって仲良くなるの」

「葉瀬さんから声かけたとか」

「四組の子から聞いたけど、別人みたいなんだって。前とは違って空気みたいだって言ってたから、自分から柴谷くんなんかに話しかけられるわけないよ」

えー、とまたここでも声があがる。

「じゃあ柴谷くんからってこと？」

「わかんない」

「そういえば四組の赤坂さん、柴谷くんのことが好きって噂あったよね」

「あー、聞いたことある気がする。私、あのふたりのほうがお似合いだと思うんだけどな」

「なんでよりによって葉瀬さんなんだろ」

「明るくてかわいかったからじゃない？　今は何だろ……同情、的な」

「同情って何それ！」

「そうでもしないと、わざわざ柴谷くんが一緒にいる意味って何？　前の葉瀬さんとは別人なのにさ」

「たしかにー」

きゃはは、と笑う声が聞こえた。

きっと彼女たちにとっては、昼食の話題の一つだったのだろう。

わたしに聞かせてやろうと仕組まれたわけではなく、たまたまわたしが通りかかってしまっただけ。意地悪してやろうとか、嫌がらせしてやろうとか、そういうつもりではなかったはずだ。

だから、なかったことにできるよね。

聞かなかったことにできるよね。

噛みしめすぎたのか、唇から血の味がする。それでも、今にも溢れ出してしまいそうな涙が頬を濡らすことがないように、必死に唇を噛みしめ続けた。

それなのに、視界がぼやけていく。最近、傷つくことが少なかったからかもしれない。

前は傷つくことが当たり前だった。クラスメイトの視線に、言葉に、空気に、心を痛めつけられてばかりだった。

柴谷は。彼は、何があってもわたしを傷つけなかった。多少意地悪をされたり厳しい視線を送られたりしたこともあったけれど、それでも彼は理不尽にわたしを傷つけるようなことはしなかった。当たり前すぎて気がつかなかった事実に、今さら気づく。

だから息がしやすかったのか。

彼のとなりにいるときだけは、繕《つくろ》うことのない自分でいられた。それは、彼に心を預けていられるほど、信頼していたからなのかもしれない。

ぽろ、とついに涙が落ちる。わたしはずいぶんと弱くなってしまった。

彼の優しさに甘えすぎたせいで、自分が置かれている状況を忘れていた。

「どうせ可哀想な自分アピールでもしたんじゃない？」

「絶対そうだよー」

「まったく、そういうことしてるから――」

突然、声が聞こえなくなった。心だけでなく耳までやられてしまったのかと思ったけど、違った。

わたしの耳はそっと覆われていた。あたたかい何かによって。

固まって動かせなかった身体が、彼の手によって再び動くようになる。

魔法みたいだ、と思った。

くるりと振り向かされて、彼を認識した途端、涙が溢れて止まらなくなった。

お、そ、い。

ぼやける視界のなかで、その三文字だけが、彼の唇の動きで読み取れた。柴谷に耳をふさがれたまま、わたしは必死に声を殺して泣いた。

いっこうにおさまらない涙をぬぐっていると、わたしの耳から手を離した柴谷が、

「葉瀬」

とわたしの名前を呼んだ。耳が聞こえるようになって、いちばんに聞く声があまりにも優しくて、余計に泣けてしまう。

どうしてこんなに安心するのだろう。

彼のまなざしは、声は、こんなにも優しいのだろう。

「あんな話、聞かなくていいから。こっち来い」

いつからいたの。なんでいるの。

ねえ、柴谷。

「どうして、分かったの……っ」

いつだって強引。最初から、彼はこんな人だった。

まっさらな状態のわたしに、何の躊躇《ためら》いもなく近づいて、息の仕方を教えてくれた人。毎朝わたしを待っていてくれる人。わたしを目覚めさせてくれる人。

言葉よりも行動で。行動よりも表情で。なにより、目で。すべてを伝えてくれる人。

どうして分かったの？

——わたしが、ここにいるって。

手を引かれながらこぼした言葉に、彼は静かに振り返った。それから、どこか懐かしい顔で笑う。

「なんとなく」

前は、そんな回答では、曖昧《あいまい》すぎて納得なんてできないと思っていた。けれど今は、その言葉を信じていたい。

なんとなく。そんな曖昧で不確実な理由だけで、彼はわたしのもとへ来て、いつだって助けてくれるのだ。

それは、理由ありきの行動よりも、もっとずっと素敵なことのように思えた。

「ずいぶん遅かったから」

「会話の内容聞いたら、離れられなくなっちゃって。ごめん」

「謝んな。別に責めてるわけじゃない」

いつもの場所に着いてわたしの気持ちが落ち着くまで、柴谷はずっとわたしの手を離さなかった。黒板の前に座り込んでようやく落ち着いたころに、一つ二つ言葉を交わす。

柴谷は突然、お弁当袋の中から何かを取り出した。渡されたのは、前に貰ったものと同じ包み紙のキャラメルだった。

「……キャラメル」

「元気出るだろ。やる」

ふは、と笑みがこぼれる。元気が出るってなに、と思う。

柴谷にとって、キャラメル配りは餌付《えづ》けなのだろうか。

まあ、キャラメル好きだし、別にいいけど。

「ありがと」

「そっちのがいいよ」

「え？」

「笑ってるほうがいいよ、葉瀬は」

何言ってるの、と返しながらキャラメルを口に放り込む。やっぱり甘い。

しばらくぼうっとわたしを眺めていた柴谷は、やがて床に手をついて少しのけぞった。合わせていた視線が逸れる。

「何言われてたか知らねえけど、変に気にすんなよ」

うん。気にしなくていいよね。

「お前のことは俺がちゃんと見てるんだから」

そうだよね。陰でわたしの噂話をする人よりも、わたしを見てくれる人を大切にしたい。

何度も心のなかで繰り返す。

前を向かなきゃ。気にしないで、前に進んでいかないと。

写真コンテストのことを言いすぎたせいで、わたしは正直、関係が途絶えてしまうと思っていた。翌日から、わたしたちの時間なんてまるでなかったことのように接されると思っていた。

『おはよ、葉瀬』

小さな希望だけを抱いて〝いつもの場所〟に向かったとき、いつもと変わらない顔で迎えられた瞬間、もう彼には敵《かな》わないと思った。

彼がわたしを離さない限り、わたしも彼を離せない。

大切だと、心の底から思った。

「俺、葉瀬には嘘ついてほしくない。つらいことはつらい。嫌なことは嫌。俺はお前の素直な気持ちが知りたい。葉瀬がずっと言えなかったこと、今の俺なら受け止めてやれる」

――今の俺なら。

強いまなざしと言葉が、わたしに突き刺さる。

少し考えて、ゆっくりとうなずいた。

心の内を吐露《とろ》するのは、苦手だ。思っていることを口にするのは難しい。誰かを頼ったり、助けを求めたりするのは怖くてできない。面倒くさいやつだと思われたくないから。

だけど。彼になら。

今の柴谷になら、吐き出せるような気がした。

「……わたしね」

声が震える。

柴谷は静かに目を閉じて、わたしに呼吸を合わせた。

「自分がどうして記憶を失くしてしまったのか。それが分からなくてずっと苦しいまなの。クラスメイトの視線が痛い。前のわたしと今のわたしを重ねられるのが嫌だ」

言葉にするたび、込み上げてくる涙が止められなかった。悲しいわけでもない。悔しいわけでもない。それなのに、自分の気持ちを話そうとすると泣いてしまう。

柴谷はとなりに座ったまま、わたしの肩を引き寄せた。

「みんな、わたしが元に戻ることを望んでる。だったら今のわたしはどうなるの？ みんな昔のわたしのことしか見てない。可哀想なものを見る目でわたしを見てる。それがたまらなく苦しい。ずっと、ずっと。ここにわたしの居場所はない」

溢れて止まらなかった。

こんなふうに自分の気持ちを誰かにぶつけるのは、はじめてだった。

普段は強がっているけれど、本当は弱いのだ。昔のわたしほど強くはないし、魅力的でもない。

こんなわたしが葉瀬紬を乗っ取ってしまったのが申し訳ない。

「葉瀬」

柴谷の肩に頭を預ける形になる。涙が制服を濡らしてしまうから頭を離そうとすると、そんなことは厭《いと》わないと押さえつけられた。耳元で優しく声が落とされる。

「俺は、今の葉瀬のこと見てる。はじめからずっと、俺は今のお前のことを見てるよ」

大切に、一つひとつ、言葉がつむがれていく。彼はわたしが欲している言葉を、惜しむことなく渡してくれた。どうして彼はいつも、いつも。

——わたしのことが分かるのだろう。

「それに、昔なんてもう関係ない。お前が本物の葉瀬紬だろ？　堂々としてろよ」

「……しばたに」

「もしこの先、過去を知って苦しくなることがあったら。そのときは俺がいるから。葉瀬はひとりじゃない」

わたしはひとりじゃない。

とても響く言葉だった。

息をしようとすると、涙がまた溢れ出す。

はじめて人に自分の気持ちを打ち明けることができた。

自分の思いを話すと、こんなにも心がスッキリするんだ。知らなかった。

今まで誰にも話すことなく、苦しさも痛みも悲しさもすべて抱え込んで生きてきたから。

やっと誰かに話すことができた。

――その相手が君でよかった。

流れゆく雲を眺めながら、心の底からそう思った。


「ねぇお母さん」

家のリビングで食卓を囲みながら、わたしは思い切って口を開いた。急ぎの仕事をするため、同じ部屋でパソコン作業をしている父にも、はっきりと聞こえる声で。

それまで反対側の席に座って夜ごはんを食べていた母は、

「なぁに」

と、にこやかに笑った。ぐっと握った拳《こぶし》にさらに力を入れる。

「わたしはどうして記憶を失ったの？」

カタ、と父のパソコンの音が途切れた。母の箸がわずかに音を立てる。

――解離性健忘《かいりせいけんぼう》。

図書室で借りた本を読んだ。たくさんの症例が載っていた中で、今のわたしに一番近いのがこれだった。

心的外傷やストレスによって、ある特定の記憶を失ってしまう。わたしの場合、

〝ある記憶〟というのは人間関係のことと、自分自身のこと。

　記憶を失うきっかけは何なのか。わたしはまだそれを知らない。

　それまでおだやかに笑っていた母の顔が、徐々に強張っていく。

「……どうして？　それを知ってどうするの？」

　母の言葉に、背筋が伸びた。

「どうしてって、気になるから」

「なんで？」

　ずっと知るのが怖くて、誰にも聞けなかった。けれど。

『もしこの先、過去を知って苦しくなることがあったら。そのときは俺がいるから。葉瀬はひとりじゃない』

　柴谷の言葉が脳裏によみがえる。もし過去を知って絶望したとしても、となりには柴谷がいてくれる。

　目の前に広がっていた靄《もや》を柴谷が晴らしてくれたから、わたしはこうして母に訊くことができているのだ。

　わたしの強い決意を感じ取ったのか、母はわたしに近寄って腕を伸ばした。そのままギュッと抱きしめられる。

　あったかい。

ザザッと砂あらしをかき分けた先に、一瞬、わたしを抱きしめる母が映った。

わたしは昔からこうして抱きしめてもらっていたんだ。この人――母に。

「お母さんの気持ちを正直に話していいかな」

わたしの背中を撫でながら、母が小さく言葉をつむいだ。腕の中でうなずく。

「紬の記憶がなくなったのは、前の紬が苦しいなって思いすぎたせいなのかもしれないでしょう。だったら、お母さんは紬につらいころの記憶なんて思い出してほしくない。思い出すべきじゃないと思ってる」

ゆっくりで、少し震えた声からは、慎重に言葉を選んでいるのがうかがえた。

「だからお母さんもお父さんも紬に話したくない。意地悪をしてるとか、紬に嫌がらせをしているんじゃなくて、紬のことが大切なの。それだけなの」

覚悟したように息を吸って、母は続けた。

「だからよく考えて結論を出してほしいの」

てっきり「無理」の一点張りだと思っていたから、母の正直な気持ちを聞けるなんて思っていなくて、驚いた。

「いっぱい考えたうえで紬が知りたいのなら、お母さんは止めないよ。何があっても、どんな過去を知っても、お母さんは紬の味方だからね」

母の声は優しくて、そしてどこか、震えていた。

＊

両親が寝室に入り、静まり返った深夜。わたしは息をひそめて、押し入れの前に立った。

過去の自分に何が起こったのか。

記憶の蓋《ふた》を開ける勇気を、わたしはずっと持てなかった。

けれど、今は。自分の過去に何があったのか、やっぱりきちんと向き合いたい。

たとえ過去を知ってしまってどうにかなりそうになっても。

そのときは彼が――柴谷がいるから。

前は開けられなかった、近寄ることすらできなかった押し入れの前に立つ。空気が肺を通るのを感じる。

大丈夫、だいじょうぶ。

確証のない言葉だけを、心の中で繰り返す。冷たい金具に触れても、以前のように頭痛がすることはなかった。

キィィと不穏な音がする。押し入れの扉が開いた、というよりは、隙間が見えた、といった感覚のほうが近い。

真っ暗な奥が、電灯によって照らし出される。

「――っ」

弾《はじ》けたようにドサドサと足元へ崩れ落ちたのは、筆や絵の具、マーカーやパステルなど、たくさんの画材だった。

それらで押し込むようにしまわれていたスケッチブックを手に取る。

裏には【葉瀬紬】と名前が記されていた。

全身が震えるのを抑えながら、そっとスケッチブックを開く。

桜並木、入道雲、紅葉、水滴がついている葉っぱ。鉛筆で描かれているのに、筆圧で葉の模様や雲の白さ、紅葉の鮮やかさが表現されていた。

色がなくても、まるですべてに色がついているように見える。

その次に描かれていた絵は、少し違った。

暗い海の底に沈んでいく女の子に、男の子が必死に手を伸ばしている絵。顔は描かれていなかった。けれど、女の子の絶望と男の子の希望とがありありと伝わってきた。

まるで、わたしが教室での息苦しさに溺れそうになったとき、柴谷が助けに来てくれたときみたいに。

「なに、これ……」

このスケッチブックに名前が書いてあったということは、これらはすべて過去のわたしの絵なのだろうか。

――わたしは絵を、描いていたのだろうか。
過去のわたしも今と同じように何かに絶望していて、柴谷に助けを求めていた？
溺れるような、息ができなくなるような瞬間があったのだろうか。
スケッチブックは、その絵で終わっていた。ぱらぱらと最後のページまでめくると、
ふと、一通の真っ白な封筒が足元にすべり落ちる。
「手紙……？」
ドキッと鼓動が強く鳴る。
指先が震える。呼吸が浅くなる。
『何があっても、どんな過去を知っても、お母さんは紬の味方だからね』
『もしこの先、過去を知って苦しくなることがあったら。そのときは俺がいるから。
葉瀬はひとりじゃない』
お母さん。お父さん。
山井さん。
――柴谷。

お父さん、お母さん。
親不孝者でごめんなさい。
今までありがとう、幸せでした。

追伸
約束果たせなくて、ごめんね。

六．夢を描いたその先で

「葉瀬さん……自殺しようとしたんだって」

その日は、葉瀬の誕生日だった。

スマホから耳を離した母の第一声が、やけに遠く感じた。しばらく通話終了画面を見つめる母の唇が、わずかに震えていた。「自殺、じさつ……」と何度もその単語を繰り返している。グツグツとそのままにされた夏鍋《なつなべ》が音を立てている。

俺はただ呆然と、その光景を見つめていた。

俺が誰と関わっているとか。どんな学校生活を送っているとか。

生まれてこのかた自分の交友関係なんて、母はおろか、父にも、歳の離れた姉にも話したことがなかったから、こうして家族の口から葉瀬の名前が出てくるなんて思わなかった。今にも力が抜けてしまいそうな母のもとに近寄る。

「……は？」

「今、病院にいて意識不明の重体だって。発見がかなり早かったみたいだけど、どうなるか分からないから、って……」

「なに……言ってんだよ、母さん」

脳裏《のうり》に浮かぶ彼女は、いつも笑っていた。だから、母の言葉のすべてが信じられなくて、夢を見ているのかとすら思う。

嘘だろ？

だって、ついこの前まで、一緒に。

「葉瀬さんのご両親から学校を通して連絡が入ったの。あなたには、伝えてほしいって言われたそうよ」

「……俺、行ってくる。病院どこ？」

この目で見て確かめたかった。

信じていたかった。

いつも笑っていた葉瀬は。

俺の好きなやつは。

――今日も同じように、元気で笑っていると。

病院に着くなり、俺は息を切らしながら、受付の人に訊ねた。

「葉瀬っ……あの、葉瀬紬ってどこにいますか。俺、面会を」

気が急《せ》いて上手く呂律《ろれつ》が回らない。

「ええと……」

受付の人が言葉を濁しながら困惑した表情を見せる。

「会いたいんです」

しばらくして、俺の声を聞いていた看護師が奥から出てきた。

「どうされましたか？」

「こちらの方が、葉瀬さんに面会したいとおっしゃっているのですが……」

看護師の視線がゆっくりと俺に流れて、硬い声で告げられた。

「申し訳ありませんが、ただ今ご家族の方以外は面会謝絶となっております」

「俺、柴谷っていいます。クラスメイトなんです、会わせてください」

クラスメイトという響きに胸が痛む。こんなに会いたいのに、会うことを許されない関係。所詮《しょせん》、他人。それがたまらなく悔しかった。

看護師が、しだいに険しい顔になっていく。高校生にもなって、自分がどれほどの駄々をこねているのかは分かっていた。けれど、葉瀬に会いたい一心だった。

「お答えできかねます」

決定的な一言を告げられ、言葉を失う。そのままよろよろと外に出て、ポケットからスマホを取り出した。

【紬】

連絡先に登録されている、その文字を見つめる。

今までに何度かけたか分からない。ことあるごとに、俺たちはよく電話をしていた。

震える指でタップする。連絡先を持っている、唯一の女子だった。

細い息が唇の隙間から洩れていくのを、何度か繰り返す。

「っ、葉瀬──！」

『おかけになった電話は、お客様のご都合によりお繋ぎできま──』

「くそっ」

会いたい。顔が見たい。声が聞きたい。

どうして。どうして。どうして。

俺に夢を与えてくれたのはキミだった。

それなのに、どうして俺から離れていくんだよ。

行くな。行かないで。

俺の前から消えないで。


彼女との出会いは、高校の入学式より少し前のこと。

入学式を迎えるまでに桜は散ってしまうから。このタイミングがベストなんだと、一眼レフを構えて公園でひとり、写真を撮っていた。

写真を撮る、ということは、記憶と心の重ね合わせだ。写真を見返すたび、その出来事の色、音、ある時はにおいまで、鮮明に思い起こされる。それと同時に、感情までもがよみがえってくる。

だから好きだ。

青空に桜はよく映える。風に揺れる桜が、ひらひらと花びらを舞い落とした。

思わずカメラを構える。

「……あ」

突然、ファインダー越しに誰かの姿が見えた。レンズの捉える先に、彼女が乱入してきたのだと気づいたときには、もうシャッターを切っていた。

桜色をまとった彼女は、長い髪をさらりと揺らした。白い肌が、後ろにある桜と澄み渡る青空に負けないくらい美しかったのを覚えている。

「どう、よく撮れた？」

割り込まれたともいえるその行為。

「こんなところでカメラ構えてる人なんてめずらしくて、入っちゃった。ごめんね」

ごめんね、と言いながら目を細めて笑っている。そこまで悪いと思っていなさそうだ。

いったい何をしてくれるんだと、腹立たしい感情が静かに沸き立つ。けれど、そのちっぽけな怒りは、次に浮かべられた彼女の笑みであっさり消えていった。

「ちょっと見せてよ、お願い！」

……調子が狂う。面倒なことに巻き込まれたかもしれないと思いながら、画面に先ほど撮った写真を表示させたときだった。

「……っ」

呼吸が、止まってしまったかと思った。鎖骨《さこつ》あたりまでまっすぐに伸びた髪が風になびいて、ひらひら舞う桜が、彼女の髪や肌に重なっていた。ゆるく細められた瞳が、まっすぐにこちらを見ていて、桜と相まって儚さを演出していた。

「わ、綺麗に撮れてる！　あたしもなかなかいい顔してるんじゃない？」

自慢げに言う彼女に、何も言い返せなかった。ぐら、と心が揺れる音がした。

「どうしたの？　まさか、本当にあたしに見惚《みと》れちゃったとか」

いたずらっぽく訊ねられたけれど、俺は返事もせず、ただじっとその写真を見つめることしかできなかった。

「……現像《げんぞう》したら、やるよ」

誤魔化すように、そんな不確実な約束をとりつけようとしてしまったのは、なんとなく、また会えるという不思議な予感がしていたからかもしれない。

「いいよ、あなたが持ってて。いらなかったら現像せずに消しちゃって」

彼女は、もともと友達だったのかと錯覚するくらい距離を詰めるのが上手かった。初対面のはずなのに、ちょうどいい距離感にいる感じが、とても。

「桜、綺麗だね。写真撮りたくなる気持ち分かるよ」

桜を見上げながら、ふう、と息を吐く彼女。

「名前は？」

気がついたら、声に出していた。

生まれてはじめて、誰かを見て、鼓動が速まる感覚を知る。

「あたしの名前はね――」

――葉瀬紬。それが、彼女の名前だった。

「あーっ！　あなた、この前の！」

仕組まれたように、同じクラスになった。入学式で再会を果たしたとき、運命というものは本当にあるんじゃないのかと思ってしまったくらいだ。

柄《がら》にもなく。

「へぇー、柴谷ね！　おっけ、あたしのことは葉瀬でも紬でも何でもいいよ」

彼女は明るく、いつも目立っていた。もともと整った顔立ちをしているが、それに持ち前の愛嬌《あいきょう》が加わり、クラスでも非常に人気のある人物だった。

そのうえ彼女は誰に対しても同じ距離感で接していた。

だから余計に人気だったのだと思う。特に、男子から。

それなりに意識はしていた。けれど、このときはまだ、気になるクラスメイトというくらいで。

決定的な瞬間が訪れたのは、夏休みに入る一週間前の、とある朝のことだった。

「ここでも撮ってるの？　好きなんだね、写真」

いつも生活している棟とは違うから、まさかこんな旧校舎の空き教室に彼女が現れるなんて思わず、持っていたカメラを放り出しそうになったのを覚えている。

「フォトコンテスト、出さないの？」

「は？」

「廊下にコンテストのポスターが貼ってあったから、柴谷も出すのかなって。あたしにくれた写真、とっても綺麗だったから」

桜の写真か、と思い出す。彼女と出会った日の写真だ。

「顔がこわいよ。柴谷、口調が荒いんだからちょっとは顔優しくしたら？」

「ほっとけ」

ふいと顔を逸らす。こんな雑な返答をしても、葉瀬は怒ることなくニコニコと笑みを浮かべていた。

「どうして出さないの？」

昔から趣味だった。写真を撮るのが、何より楽しかった。

「人物の写真も、撮ればいいのに」

不思議と、彼女になら話せるんじゃないか、という気持ちが湧き上がってくる。

葉瀬は椅子に座って、ぼんやりと空を眺めていた。彼女の意識は空に注がれている。そう思えたから、話すことが不思議と億劫《おっくう》ではなくなった。

「……俺、過去に写真撮ったことがあって」

空に目線を向けた葉瀬から、うん、と軽い相槌《あいづち》が返ってきた。

「大事な友達だったけど……死んだんだ、病気で」

うん、と。ここでもまた、同じ相槌。

「俺は病気のことなんて全然知らないまま、そいつの写真を撮った。その一年後にそいつは死んでしまった」

事実だけを並べていく。

小学生のときから仲がよく、写真を撮るのが好きな俺を応援してくれた。

はじめての被写体になってほしいと頼んだとき、少し恥ずかしそうにしながら承《しょう》諾《だく》してくれたのを覚えている。結局、その日撮った写真はそいつの遺影になった。

彼はいったいどんな気持ちで、俺に撮られたのだろうか。

「写真だけが、ずっと遺《のこ》ったままだ。俺はそれを見るたびに、こわくなる。俺はすぐに消えてしまうものの存在を証明するために写真を撮ってる。けど、人間は違う。景色と違ってすぐに消えるものじゃない。もしこのカメラで写真を撮ったら、そいつのときみたいに俺の前からいなくなってしまうかもしれない。そう思うと、こわいんだ」

息を吸って、葉瀬を見つめた。

「だからポートレートは撮らない」

はっきりと告げると、葉瀬の瞳が一瞬大きくなった。窓から入ってきた風がカーテンを揺らし、同じように葉瀬の髪も揺らして通りすぎていく。

「それなのに、お前、乱入してきたから」

「あれは――」

「偶然だろ？」

だから、何も心配することはない。目の前にいる葉瀬は、消えたりなんかしない。俺の写真に写ったからといって、死んでしまったりしないんだ。

それでも、ふと友達の顔が浮かんで、自然とうつむいてしまう。

しばらく黙って足元を見ていると、

「ううん。わざとだよ」

と声がした。強く、はっきりとした響きだった。

驚いて顔を上げると、葉瀬はまっすぐに俺の目を見つめていた。

「気になったの、柴谷のことが。あんな公園で、ひとりで写真撮ってるんだもん。話しかけたくなった」

「だからって……乱入するか、普通」

「するする。あたしを誰だと思ってんの」

ドン、と胸を張る葉瀬。ぜったいに自信を持つ状況をまちがえている。

「安心して、柴谷。あたしは消えない。ずっと柴谷のそばにいるから」

透き通った声が、耳を抜けていく。

「別に、ポートレートじゃなくてもいいよ。柴谷の風景写真はすごく素敵なんだから、風景のコンテストに出してみるのもありだと思うな」

「……俺は――」

暴いてこようとするな。そう突き放してしまえたら、どんなに楽だっただろう。

けれど、まっすぐ射貫いてくる葉瀬を前に、気づけば口に出していた。

「お前とは、違うから」

「え」

「評価されなかったら……どうすんだよ」

長い沈黙が訪れた。ぐるぐると、先ほどの言葉が脳内を回っている。

葉瀬には、伝わっただろうか。

葉瀬の表情がわずかに崩れたのを見て、すべて伝わったのだと悟る。葉瀬は、同情とも哀れみともとれない声で、ただ静かに訊いてきた。

「コンテスト、こわい？」

肯定の代わりにうつむく。

情けない話だ。趣味、趣味、と今まで周りに言ってきたのは、保険だった。俺の写真には価値がないと、そう判断されるのがこわかったからだ。

本気で写真が好きだから、尻込みしていた。コンテストの入賞作品を見るたびに、自分にはこんなふうに撮れないかもしれないと自信をなくして、何もかもやめたくなる瞬間があった。カメラを持つことさえも。

「じゃあ……一緒に頑張ろうよ。コンテスト、出そう。来年のやつ」

「は？」

「ポートレートのコンテストじゃなくて、高校生を対象にしたアートコンテスト。これもポスターで見かけたの。写真だけって括《くく》りはなくて自由だから、アートなら何でも応募できるんだって！」

「何でもって」

「絵でも、文学でも、音楽でも、映画でも、ぜんぶアートなんだよ！　胸を張って作品だと言えるものならね」

勢いにのまれそうになっている俺をよそに、葉瀬はまるで決定事項とでもいうようにパチンと手を合わせた。

「よし、決まりっ。来年の夏までなら準備期間はじゅうぶんあるね。柴谷クン、あたしは何が得意かご存じ?」

躊躇なく美術倉庫へと足を踏み入れた葉瀬は、しばらくして何やら細長いものを持って出てくる。

「ふふん。共同制作だね」

「おい、葉瀬。待てよ」

「こわがらないで、チャレンジしてみようよ。柴谷の写真に、あたしが絵を描いて、コラボアートとしてコンテストに出そうよ。写真で閉じ込めた〝過去〟と、絵で表現する〝未来〟を、〝今〟を生きるあたしたちがつくりだすの。これ、最強だと思わない?」

——葉瀬が手にしていたのは絵筆だった。

葉瀬は空《くう》に色をのせるように、サラサラと筆を動かしてゆく。そのまま、今度は窓の外に筆を向けた。

「受かるときも、落ちるときもひとりじゃないから。一緒に喜んだり落ち込んだりしようよ。大丈夫、ふたりならきっとできるよ」

彼女の横顔が光に溶けるようにきらめく。絵筆の先には鮮やかな青が広がっていて、まるで彼女がこの大きな空を描いているみたいだった。

気づいたら、シャッターを切っていた。パシャっという音に、彼女は少し驚いた顔をして振り向いた。

「撮った？」

「撮った。すげぇ、綺麗だったから」

彼女はきっと、いなくならない。俺の前から、消えたりしない。

「ぜったい消えたりしない。約束するね」

絡めた小指は、とても細くて。力を入れたらすぐに折れてしまうんじゃないかと心配になるほど、繊細で。

きっと、生まれてはじめて、恋に落ちた瞬間だった。


葉瀬と過ごす日々は、目まぐるしく過ぎていった。

高校一年生、冬。

彼女と出会って半年以上が経っていた。

「おはよ、葉瀬」

「おはよう。柴谷」

彼女は、風になびく髪を押さえながら俺のもとへとやってきた。

「写真、見せて！」

にこにこ。彼女にオノマトペをつけるとしたら、これしかない。

断られるなんてこと、一ミリも考えていないみたいだ。無論、断るはずもないけれど。

「うわぁ、これもまた綺麗だねぇ。うーん、この海の写真に描くのはクジラにしようかな……あ、でも敢《あ》えて空に泳がせるっていうのもいいよね。こっちの月の写真にはネコとか、あ、こっちは白くて冬っぽいからトナカイとか？」

「葉瀬、落ち着け」

「アイデアがどんどん出てくる！　口に出さないと忘れちゃうから」

「メモすればいいだろ」

「たしかに！　柴谷、紙とペン！」

「ったく、人使いが荒いな」

俺が撮った写真を見ながらぶつぶつつぶやく彼女に指示され、渋々筆記用具を取りに向かう。

「メモしてやるから、何描きたいか言えよ」

準備を整えて彼女の言葉を待っていると、「そうだ、柴谷」と呼びかけられてメモ用紙から視線を上げる。

「あたしね、来年の冬に柴谷に渡したい絵があるの。今年はちょっと間に合いそうにないんだけど、一年もあれば完成しそうだから。来年こそはぜったい渡すから待っててね」

「……おー」

興味なさそうな相槌を打ってしまったけれど、内心では何だろうと期待が膨らんでいた。来年の冬が待ち遠しくて、早く今年の冬なんか終わってしまえばいいのにと思う始末だった。

「その絵にはね、あたしの全部が込めてあるの。だからどうか、受け取ってね」

「わーったから。ほら、アイデア出しに戻れよ」

「もう！　あたしは真剣に話してるのに」

空気が変わる予感みたいなものが、ぞわりと背筋をなぞったから。聞いてはいけないような声が、彼女の口から出てしまうような気がしたから。

話を逸らして、逃げようとした。否、俺は逃げた。

「……たとえあたしがいなくなっても」

ぼそりとつぶやかれた言葉の意味を、訊かないままで。

「柴谷くん？」

声がかかって、ふと顔を上げる。そこには、四十代半ばの男性が立っていた。

顔立ちが葉瀬によく似ている。いや、葉瀬がこの人に似ているのか。

「紬の父です。柴谷くん、かな。さっき、受付のところでちょうど見かけて」

「……っ、葉瀬は今、どんな状況なんですか」

「ついさっき、目を覚ましたところだよ。発見が早かったおかげで、助かった」

息を吐くと同時に、目頭《めがしら》が熱くなる。必死に押さえても、到底止められるはずがなかった。

「よかった……」

「ただ――」

助かったというのに、葉瀬の父親はなぜか泣きそうな顔をしていた。唇を噛んで、悔しそうにうつむいている。それはまちがいなく、安堵からくるものではなかった。

「記憶が……なくなったみたいなんだ」

はじめは、信じられなかった。葉瀬が助かったことで、不安やら安堵やらがぐちゃぐちゃになってしまい、葉瀬の父親が、記憶を失ったと思い込んでしまっただけだと。

葉瀬の父親を疑っていたし、俺も、俺自身のことを疑っていた。

また一緒に過ごせるに決まっている。あの元気で明るくて、俺を光へと導いてくれた葉瀬に、会えるのだと。

葉瀬の父親の許可を得て病室に入ると、葉瀬はベッドから身体を起こしていて、窓の外をぼんやりと見つめていた。横顔が陽光できらきら輝いて見えて、俺の不安など、かき消されていくようだった。

「葉瀬」

呼びかけると、葉瀬の顔がゆっくりとこちらを向いた。顔には傷一つなくて、その顔のおだやかさに安堵しながら、一歩、葉瀬に近づいたときだった。

突然、葉瀬は自らの拳を握りしめ、硬直した。おびえるように揺れる瞳が、今でも脳裏に焼き付いている。

これは俺におびえているのだ。そう理解した途端、全身から力が抜けていくような不思議な感覚になる。

葉瀬の唇の動きが、やけに遅く感じた。

「誰……ですか」

大切なひとに忘れられる痛みを。

苦しさを。むなしさを、切なさを。

やるせなさを、しんどさを。

そのときになってようやく、俺は実感したのだ。

「紬には、自殺のことはいっさい話さないでほしい。紬の腕には傷があってね。おそらく……自分自身で、切りつけたのだと思う。親なのに、気づいてやれなかった。思い出すのもつらいだろうし、もし思い出したとして、もう一度自殺を試みるようなことがあったら耐えられないから」

葉瀬の父親からは、そんな感じのことを言われた。ぼんやりとしていて、とても曖昧な記憶だ。

「分かりました。でも俺はこれまでどおり、葉瀬と話します」

もちろん、彼女を苦しめない範囲で。

また話したい。目を合わせたい。

会いたい。いつもどおりの葉瀬に。

もう一度出会いからやり直そう。明るい彼女なら、きっと俺を受け入れてくれるはず。

それなのに、いざ学校に来た彼女は、常に下を向いて、表情を隠すようになっていた。

友達の名前はおろか、自分の名前も、絵を描くのが得意だったことも、何もかも覚えていない。もちろん、コンテストのことなんて知っているはずがなかった。

ほとんど別人。昔の、好きだったころの葉瀬紬は、この世に存在していなかった。

ぐしゃっ、と持っていたプリントに力がこもった。

夢を描いたその先で、俺たちは一緒に並んでいるはずだった。

けれどその夢は未完成のまま、バラバラと崩れ落ちていったのだ。
昔の葉瀬はもういない。
俺を救ってくれたころの葉瀬は、俺の前から消えてしまった。
だから今度は俺が、今の葉瀬を救ってやる。葉瀬が俺にとっての光だったように、
次は俺が、葉瀬にとっての光になる。
昔の葉瀬に、俺がずっと言えなかったこと。
常にそばにいることに安心しきって、伝えることができなかった想いを。
今度は、ぜったいに無駄にしない。
そう心に誓った夜は、いつもよりも空気が澄み、月がひどく綺麗だった。

＊

「柴谷は優しいね。あたしのことぜったい傷つけたりしないから」

「それって普通だろ。何のために傷つける必要があるんだよ」

「ううん、普通じゃないよ。相手のことを思うって、誰にでもできることじゃない。

柴谷がいてくれるから、あたしは毎日生きていけるんだよ」

「大袈裟《おおげさ》だな」

「大袈裟なんかじゃないよ！」

「葉瀬って相槌適当だよな。ほんとに話聞いてんのかいつも不安になる」

「内容が重たければ重たいほど、相槌は軽いほうがいいじゃん。構えられると話せるものも話せないでしょ？」

「……たしかに」

「それに、適当だけど雑ってわけじゃないよ。ちゃんと話は聞いてるし、感情も共有してる。ただ、重く受け止められすぎないほうが相談しやすいかなと思ってね」

「……ふぅん」

「ねえこの記事見て。ネットでトラブルだって。ネットはこわいからできるだけ関わらないほうがいいと思うんだけどなぁ」

「今の社会的に難しくね？」

「そうなんだけど。ネットの扱い方を学んだほうがいいよって話」

「葉瀬は自信あるの？　ネット」

「ううん、まったく。だから触らないことにしてるの」

「ねえ、柴谷」

「ん？」

「この作品は誰にも見せずに眠らせておくの。あたしと柴谷だけが知る、秘密のものにしたいから」

七．いつかのきみへ

「じゃあ葉瀬さんと私は休憩ってことで。回ってきますね」

「はーい。楽しんで〜」

文化祭、当日。

わたしは、山井さんと一緒に教室から出た。ワッフル屋の当番はシフト制なので、揃って休憩をとったのだ。一時間近くあるため、たくさん出店を回ることができる。

「どこ行きたい？」

「どこでも。山井さんの好きなところに」

「じゃあ何か食べ物が売ってるところに行こっか」

文化祭当日の山井さんは、いつもと違って、おさげスタイル。わたしがやると芋《いも》っぽくなってしまうのに、山井さんは驚くほど似合っていた。素朴な顔立ちでどのパーツも端正だから、似合うのだと思う。

「あの、山井さん」

「ん？」

人気《ひとけ》のなくなったところで、前を歩く山井さんの腕を掴んだ。

「誘ってくれて本当にありがとう。わたしなんかと、回ってくれて」

「ううん！　ただ、私が葉瀬さんと回りたかっただけだから！　お礼を言うのは私のほうだよ」

山井さんはペコっと小さなお辞儀をした。

『葉瀬さん。文化祭一緒に回ろう』

それは二日前のこと。どうせひとりで過ごさなければならないのは分かりきっていたから、むなしい思いをしないように文化祭の日は休むつもりだった。

そんなわたしを見越してなのか、単に偶然なのか。わたしに声をかけてきたのは、山井さんだった。

『あ、もし葉瀬さんがよければだけど。安心して！　ふたりだけだから、気楽に過ごしてくれればいいし』

身体の前でヒラヒラ手を振っている山井さんは、『もちろん、無理なくだけど』とまだわたしを気遣う言葉を並べていた。

正直、嬉しかった。クラスの出し物は結局ワッフルになってしまったし、出店の主なメンバーは赤坂さんたちだったから。接客はかわいくて愛嬌のある赤坂さんたちがやったほうがいいので、わたしが出る幕ではない。

存在感のないわたしなんて、きっと必要ない。適当に割り振られた調理担当のシフトが終われば、やることがなくて時間を持て余すことになる。

そんな文化祭のいったいどこが楽しいのだろう。

普段一緒にいてくれる柴谷は、いつもつるんでいる男子グループや他クラスの女子に声をかけられていた。結局、男子グループで回ることになったらしい。だからますます自分が孤立してしまったみたいで、休まざるをえないと思った。

山井さんはどうして、わたしを誘ってくれたのだろう。

同情か、それとも単に優しいだけなのか。文化祭という一大《いちだい》イベントを、たいして親しくもないクラスメイトと回るなんて驚きだ。

『山井さん、わたしのことは大丈夫。好きな人と回りなよ』

『うん！　だから葉瀬さんがいいの！』

『……本当にいいの？』

『こちらこそ、よろしく！』

えへへ、と笑った山井さん。

彼女が笑っているところは、何気にはじめて見たような気がする。

たまに話しかけてくれることはあっても、ここまで親しく関わったことはなかった。

『ありがとう、山井さん』


やきそば、クレープ、占い、わたあめ。各クラス、できるだけ出し物が被《かぶ》らないよう配慮されたから、その分たくさんの種類のお店がある。なかには恋愛相談バーというのもあって、お酒の代わりにジュースが出てくるそうだ。

山井さんは『男女逆転メイド喫茶』がとても気になっているらしく、そこも一緒に入った。

「……あ、いた。星野《ほしの》先輩」

山井さんには、お気に入りの先輩がいるらしい。その人を見ることが目的なのだろうと悟る。山井さんの視線の先には、ひとりの男子がいた。

残念ながらメイド姿はしておらず、制服姿のままだったけれど。

すらりとした背格好をしていて、優しく微笑みながらひとりの女子と話している。

「あ、成瀬《なるせ》さんも一緒だ。星野先輩は男子バスケ部のエースで、成瀬さんは女子バスケ部のキャプテンだったの。もうふたりとも引退したんだけどね」

山井さんは男子バスケ部のマネージャーをしているのだそうだ。恍惚《こうこつ》とした表情でふたりを見つめていた。わたしも同じように、もう一度ふたりに視線を向ける。

星野さんはうなずきながらたまに笑ったり、突然顔をしかめてみたり、照れたように手で顔を隠したりしている。まとう雰囲気がどことなく柴谷に似ていた。

突然「栞《しおり》ちゃん手伝って！」と声がして、成瀬さんが星野さんにひらひらと手を振って離れていく。かと思いきや、くるりと身を翻して戻ってきた成瀬さんは、自分の頭につけていた猫耳のカチューシャを星野さんの頭につけた。そうして、満足そうに笑いながら、今度こそ彼のそばを離れていく。その後ろ姿を見つめる星野さんの瞳のやわらかさで、なんとなく彼の気持ちが分かった気がした。

「星野先輩の猫耳はレアすぎ！　たまに廊下で会うたびにドキドキしちゃうんだよね」

そう言った山井さんをじっと見つめると、「全然恋愛感情とかじゃないんだけど！」とあわてて首を横に振った彼女は、赤くなった顔を手であおいだ。

「ぷっ……顔、真っ赤」

「やめてよつむ……、葉瀬さん」

砕けるように笑った山井さんが、突然顔を引きしめる。一瞬、「つむぎ」という名前が呼ばれる気がして身構えたけれど、すぐに訂正されてしまった。

そうだ。わたしは今日、彼女に訊かなければならないことがある。

そのためにも、こうして一緒に行動しているのだから。

「美術部の展示見に行きたい」

そう願い出ると、少し動きを止めた山井さんは、静かに目を伏せた。

長いまつ毛が影をつくる。

「いいよ。でも、急にどうして？」

「ちょっと、気になることがあって」

「……そう」

わいわい賑わう教室とは違う棟にある、ガラス張りになったホールに向かう。入り口には、【美術部展示】という看板が立てかけられていた。鮮やかな絵の具が文字を囲むように塗られている。看板にも技巧が凝らしてあるとは、さすが美術部だ。

「わー……たくさんある」

「レベルたかっ……」

中に入ると、たくさんの絵が目に飛び込んできた。

手に持てるくらいの大きさのキャンバスがほとんどのなか、数人でなければ運べないほど大きなものがあった。

今日だけ美術室の壁から外されて、ここに展示してあるらしい。

「この絵、すごくお気に入りなんだ。真ん中の光が明るくて、見ているこっちまで明るい気持ちになれるような気がして」

そう言って近寄った山井さんは、ふっ、と目を細めた。わたしも山井さんのとなりに並ぶ。

作品のタイトルは【陰】。

「葉瀬さんはどう思う？」

「え」

「この絵を見て、何を感じる？」

山井さんはそうつぶやいてまぶたを下ろした。わたしはじっと絵を見つめる。

暗い色の背景だった。黒だけではなく、深緑や藍色などの暗色で無造作に塗りたくられていた。そして真ん中にはまばゆい光に包まれた男の子が立って、こちらに手を伸ばしていた。顔は見えない。けれど、なぜだか声が聞こえてくるような気がした。胸の奥からじわじわと感情が広がっていく。描き手の叫びが伝わってくる。心臓が強く脈打つのを感じながら、その絵に食い入る。

そんなわたしを、山井さんは静かに見つめていた。

普通だったら、真ん中で光り輝いている男の子にタイトルを合わせて、【光】とか【希望】とかにするだろう。ではなぜ、この絵はわざわざ【光】とは真逆の【陰】というタイトルなのだろうか。こんなに明るく輝いていて、暗闇にすら打ち勝つような光に満ちているのに。

しばらく見つめていると、ある一つの答えにたどり着いた。

たぶん、これは。

この真ん中の人につけられたタイトルでは、ない。これはきっと、この絵の描き手につけられたタイトルだ。

光あるところには陰ができるように、この男の子を見つめている自分こそが【陰】なのだ。だから背景はこんなにも暗くて、まぶしくて見ていられないから、男の子の顔が描かれていないのかもしれない。

「展示のテーマ、知ってる？」

「……知らない」

ざわっ、と胸騒ぎがした。

「この展示のテーマは『きみがずっと言えなかったこと』。それで、この人はこの絵を描いた。いったい、何を伝えたかったんだろうね」

山井さんの目がわたしに流れる。わたしもその瞳をまっすぐに見つめ返した。

「………」

この絵を、描いたのは。

「これ……わたしの絵、だよね」

さらっと窓から入ってきた風が、わたしたちの髪を掬《すく》った。山井さんの瞳が揺れる。

その反応は、この絵がわたしのものだと確信するにはじゅうぶんすぎるものだった。

「わたし、もう知ってるの。自分が自殺しようとしたこと」

山井さんは息をのんでいた。

あの日。遺書を見つけた日、絵の具道具もスケッチブックも、一緒に押し入れに入っていた。だから、なんとなく予想していた。以前のわたしは、美術部にいたのではないか、と。

それに最初に見たとき直感的に、今の自分に似ている、と思ったのだ。暗闇の中で明るく光っている柴谷を、わたしはただ見ているだけ。柴谷が光なら、わたしは陰。

今も、昔も。

きっと、昔の葉瀬紬と今のわたしの本質は変わっていないのだろう。

「あなたはわたしの何？　どうしてそこまで優しくしてくれるの？」

「それは……」

「わたし、知りたい。なかったことにはしたくないよ」

山井さんが、過去のわたしにとってどんな存在だったのか。わたしは知りたい。過去に向き合って、受け入れて、そして今度は〝わたし〟として、しっかり前に進んでいきたい。

「私は──」

文化祭の喧騒《けんそう》は、いつのまにか遠くなっていた。

★★

葉瀬紬は、私の憧れだった。誰とでもすぐに仲良くなって、周囲から明るいノリを求められたときにはいつも調子を合わせていた。私には永遠にできないことだ。

そのときは愛想笑いで乗り切れたとしても後々疲労が現れるし、そもそも暗いから、無理に明るく振る舞うことすらできない。

だからそんな偉業を何の気なしにこなしてしまう葉瀬紬という存在を、私は常に尊敬していた。

なかでも彼女のいちばんすごいところは、コミュ力の高さではなく、私のような暗い人間にも寄り添う優しさがあるところだと思う。

『夕映ちゃんって暗いよね。もっと笑えばいいのに』

はるか昔、心に突き刺さった言葉は今でも忘れられない。その後もたびたび、言葉は違ったとしても、こういったニュアンスのことを言われすぎたせいで、自分は根暗な人間なのだと自覚するようになった。

だから、葉瀬紬とは違う世界を生きている。向こうが光なら、私は影。向こうが陽なら私は陰。そんなふうに、対極にいるような人物だと思っていた。

「ユエって名前、夕映《ゆうば》えって書くんだね。すごく綺麗な名前」

たまたま席がとなりになって、よく話すようになったころ、彼女は私のノートの名前を見ながらそう言った。

「いや、似合ってないし……」

夕映。ゆうばえ。あたりが薄暗くなって、かえって物がくっきり美しく見えるようになること。

自分でも、素敵な名前だと思う。けれど、似合っていないと思っていた。名乗るたびに、自分はその名にふさわしくないような気がして、恥ずかしかった。いつしか名前がコンプレックスになっていた。

「ほら、私って暗いから。名前負けしちゃってるよね」

辞書で調べた時、いかにも美しいそれは、私には到底似合わない気がして。

山井夕映と書くたびに、自分の胸が締め付けられるのを感じた。

「暗いんじゃなくて、周りのことをよく見てるんだよね。だって夕映ちゃん優しいし。こうしてちゃんと話してくれるし。暗いなんて一度も思ったことないよ」

「え」

「夕映ちゃんの名前は、あたしには似合わないよ。やっぱり、夕映ちゃんだからいいんだよ。唯一無二だね」

どうして。いつも明るく振る舞っていて、住む世界が違うような人なのに、なんでこんなにも私が欲しい言葉をくれるのだろう。彼女がたくさんの人から好かれる理由が、そのときはっきり分かった。

彼女は、生まれ持った性格が底抜けに明るいわけではなくて。ただ、目の前の人に寄り添っているだけなのだと。

周囲の人のことをよく見て、自分の性格に相手を染めて無理をさせるのではなく、自分のほうが相手に合わせて同じ色に染まる。そうやって彼女は生きているのだと。

「あたし、ずっと夕映ちゃんと仲良くなりたかったんだぁ」

「私も仲良くなりたかった。紬ちゃんと」

その会話から、私たちの距離はどんどん縮まっていった。

一年生のとき、文化祭を一緒に回った。髪を下ろして、少し普段とは違う紬ちゃんの姿に、男子たちが言葉を失っていたのを覚えている。

二年生になってもクラスが同じで、とても嬉しかった。クラス発表の掲示板の前で思わず紬ちゃんに抱きついてしまった。

二年生になって勉強や部活が大変になっても、紬ちゃんとの時間を必ずつくっていた。紬ちゃんの顔を見ると、どんなに疲れていても不思議と元気になれたのだ。

そんなある日のことだった。

「紬ちゃん。柴谷くんが探してたよ」

「分かった！　ありがと」

「あ、紬ちゃん！　修正テープ、返したいんだけど」

「また明日でいいよー！」

ばいばい！と手を振りながら、柴谷くんのところへと駆けていく紬ちゃん。入学当初から仲の良い柴谷くんと会うのだ。彼女の口から「柴谷」という名前が出てきたことはないけれど、私は知っている。彼らが、ふたりだけの時間を過ごしていることを。前に何度か、渡り廊下を歩くふたりの姿を見かけたことがある。もし付き合っているのだとしたら、ふたりは隠すのが上手だ。クラスでは甘い雰囲気をぜったいに出さないから。

どんなふうに付き合って、どんなことをしているのか。私にはさっぱり分からなかった。

手の中の修正テープを見下ろす。明日でいいって言ってたけど、どうせ教室に戻って来るだろうし。ロッカーの中に返しておけば、見つけてくれるはず。

【ありがとう!】とメモをつけて、紬ちゃんのロッカーを何気なく開けたそのときだった。

「……え?」

ロッカー扉の裏に貼られたものに、私は釘付けになる。

「あーっ!」

ドタドタと足音がして、向こうから紬ちゃんが走ってきた。私のもとへ到着した彼女は、ロッカー扉の裏の貼り紙をあわてた様子ではがす。

「……見た?」

「紬ちゃん、これ……」

「撤去し忘れちゃった。あーあ、やっちゃった」

へらっと笑う紬ちゃんの顔は、どこか強張っていた。

「あわてて戻ったんだけど、どうして今日に限って忘れちゃったかなぁ」

「今日に限って、って……もしかしてこれ、毎日？」

「あー……またやっちゃった。もう黙ったほうがいいね、あたし」

ははっと乾いた笑みを洩らす紬ちゃんが何を思っているのか。どんなに目を見つめても、何も感じ取れなかった。

「紬ちゃ――」

「いいの！」

ぐっと強いまなざしで、紬ちゃんが私を見た。


【死ね】

【柴谷くんから離れろ】

【調子乗るな！】

高校生にもなって、こんなことがあるのか。目を覆いたくなる暴言が、何枚も何枚も貼られていた。

今どきスマホがあるこの時代に、こんな安っぽいいじめがあるのだと驚愕《きょうがく》した。だけど、匿名で届く文字の羅列《られつ》よりも、こうして視覚的にインパクトが残るやり方を敢えてとったのだと理解したとき、腹が立って仕方がなかった。

バレないようにこっそり、ではない。見せつけるかの如《ごと》くいじめをしている。これはそういうことだ。

こんなにあからさまなのに、紬ちゃんが隠すのが上手すぎて。

いや、私が鈍すぎたせいで、まったく気づいてあげられなかったのだ。

毎日笑っていたはずなのに。彼女はずっとこんな仕打ちを受けていたのだろうか。

どうして私は、何も気づけなかったのだろう。

「夕映ちゃん！　あたしは全然大丈夫だから！」

こんなに近くにいたのに。どうして。

「所詮言葉だから。暴力とかはされていないからだいじょーぶ」

なんで。なんでそんなに笑っていられるの。おかしいよ、紬ちゃん。

「やっぱり柴谷は目立つからねぇ。でもあたしは柴谷といたいから、仕方ないことだよね。全然へーき。嫉妬《しっと》なんてどんとこいだよ！」

「……ごめん」

「どうして謝るの！　本当に大丈夫だから、夕映ちゃんが思い詰めることはないんだよ。ほんとに助けてほしいときは、遠慮なく頼るから！　ね！」

嘘、ばっかりだ。

こんなにひどいいじめを受けているのに、毎日笑っていられる強さは、いったいどこから湧いてきているのだろう。彼女の明るさの陰には、こんなにも耐え難いいじめがあったの？

「もし、限界がきそうになったらいつでも言ってね。私、何でも力になるから」

「……うん、ありがとう」

――結局、彼女は一度も私を頼ることなく、あっけなく消えてしまった。自分で死を選んだ彼女は、誰にも言わず、人知れずこの世を去った。

どうして、見て見ぬふりをしてしまったのだろう。

どうして、何があっても彼女が負けることはないと、信じきっていたのだろう。

どうして、自分から助けに行かなかったのだろう。

……全部、私の弱さだ。

そのことに気づいた時には、私の憧れだった彼女はすでにこの世界から去っていた。

『ご迷惑をおかけしますが……よろしく、お願いします』

そして、また私の前へと現れた。

新しい、葉瀬紬となって。

「思いだしたら、また自殺しちゃうんじゃないかと思って。完全にいなくなっちゃうんじゃないかって。そう思ったら、近づけなくなった。何にも守ってあげられなかった私が不用意に近づいて、最悪の結果になったらって」

「そう、だったんだ」

「ごめんね。ずっと、他人のふりして。本当は話したくて、一緒にいたくて、でも逃げてたの。紬ちゃんを守れなかった自分の弱さから、逃げてたの」

ぽろぽろと涙を流す山井さん――もとい、夕映ちゃんは再び「ごめん」とつぶやいた。

「紬ちゃんの記憶は、戻ったの？」

「ううん、戻ってない。でも、わたしはどんな過去を知っても、向き合うって決めたから。ぜったいに死のうとしない」

この気持ちは、本当だった。力強く言うと、夕映ちゃんの瞳が大きくなった。わたしは夕映ちゃんの手を握って、まっすぐに視線を合わせた。

「もし、もう一回わたしが自殺をしようとしたら嫌だから、関わらないでいてくれたんだよね。それって、弱さなんかじゃないよ。夕映ちゃんの優しさだと思うし、わたしはすごく嬉しいから」

「……紬ちゃん」

登校初日は、誰ひとりとしてわたしのことを気にかけてくれないことに絶望していた。けれど夕映ちゃんは、こうしてわたしのことを想うからこそ敢えて近づかないでいてくれたのだ。思いだして、つらくなってしまわないように。こうして話をしなければ、気づけなかった優しさだった。

「でも、今のわたしなら大丈夫。いじめの内容を思い出しても、つらくなるような事実を知っても、わたしはこれからも生きるから大丈夫だよ」

そう言うと、夕映ちゃんは何度も何度もうなずいて、涙をぬぐった。

「――前のわたしも、柴谷と一緒にいたんだね」

やっぱり、わたしと彼は恋人という関係ではなかったかもしれないけれど、紛れもなく一緒にいたのだ。

周囲から疎まれる結果になったとしても、過去のわたしは彼と一緒にいることを選んだ。それが、とても嬉しかった。

「わたし……どうして自殺しようとしたのかな。知りたい。思い出せなくてもいいから、知りたいんだ。いじめが自殺の原因だとしたら、過去のわたしは何か対策をしていると思うし、夕映ちゃんに助けを求めてる気がする。それにきっと、過去のわたしはいじめなんて気にしないくらい、強かった感じがするの」

「私も詳しくは分からないんだ。夏休み中だったし、連絡のやり取りはしていたけど紬ちゃん……ああ、昔の紬ちゃんから何か聞いてたわけじゃないから、突然だったの、本当に」

「だったら、よっぽど大きな出来事があったのかもしれないね」

明るく笑えていたはずの以前の葉瀬紬を、死に至るまでに追い込んでしまう圧倒的な出来事が。わたしが言うと、夕映ちゃんはうなずいた。やはり昔のわたしを知っている夕映ちゃんからしても、わたしの自殺には違和感があって、何か大きくて衝動的な理由があると考えているらしい。

「あ、あと。文化祭の出し物ね、本当は前、紬ちゃんの絵が目立つようにしようってふたりで作戦練ってたの。食べ物を配るパッケージに絵を描いて、後ろの黒板にフォトスポットもつくれないか提案してみようって話してて。だから赤坂さんの案に決まったとき、結構ショックだったんだ。顔に出てたかもしれない」

その瞬間、文化祭の出し物が決まったときのことがよみがえってくる。

『決まっちゃったね……』

『あの。なにか、問題でも』

『本当は少し前から考えてたことがあったんだけどね……でも、いいの！　仕方がないことだし』

仕方がない、の意味がようやく分かった。以前ふたりで考えていた案は、わたしが記憶を失ったことによって提案することができなくなったのだ。夕映ちゃんは、相当もどかしい思いをしたのだろう。

「納得した」

あのとき夕映ちゃんが沈んでいるように見えたのは、やはり見まちがいではなかったのだ。時を経ての答え合わせで、なんだかくすぐったい。

思わず笑うと夕映ちゃんも、あはは、と声をあげて笑った。

「そういえば紬ちゃん、文化祭マジック起きた？」

「何もないよ……っていうか、相手いないから！」

「えー？　柴谷くんじゃないの？」

にやにやしながらわたしの肩をつつく夕映ちゃん。恋バナに発展したおかげで、いっきに華やいだ空気になった。

柴谷のことを思い浮かべる。

彼のとなりに並んでいたいと思うし、彼にならすべてを打ち明けることができる。

彼の瞳はとても綺麗だと思うし、いつも彼と過ごす時間を楽しみに学校に通っている。

「好きって……どういうことなのかな」

訊ねると、夕映ちゃんはうーんと首を傾げた。

「誰にも取られたくないって思うことじゃない？」

――誰にも取られたくない。

そういう感情はまだ芽生《めば》えていないような気がする。

じゃあ、やっぱりわたしは柴谷のことが好きなわけではないのだろうか。

「そのための恋愛相談バーだよ！　よし、行っくぞー！」

夕映ちゃんに引っ張られるようにして廊下を歩く。

久しぶりに高校生として、青春を謳歌《おうか》できているような気がした。

本来、わたしが求めていたのはこういう何気ない幸せだ。

大切な誰かと、大切な思い出を積み重ねていく。その瞬間を切りとって、忘れないように閉じ込めておく。

ねぇ、過去のわたし。

苦しさを必死に隠しながら、常に明るく振る舞っていたわたしへ。

絵に描くことしかできなくて、苦しんでいた昔のわたしへ。

葉瀬紬として生きた、いつかのきみへ。
――きみがずっと言えなかったこと、教えて。

八. そんなキミを探していた

『――未完成だから』

柴谷の言葉を聞いてから、一ヶ月が経った。相変わらず朝の時間と昼食は一緒に過ごしているけれど、コンテストの話はいっさいしない。

それと、わたしの過去の話も。

土曜出校日の放課後、学校に残るつもりらしい柴谷について行く。土曜日なので授業はいつもより早く終わるけれど、部活動は平日と変わらずにあるみたいだ。

外を見ると、グラウンドには野球部やサッカー部の姿が見えた。

いつもの場所にたどり着いて、椅子に座る。めずらしく、柴谷が椅子を動かしてわたしのとなりに並ぶように座った。ふたり並んで、空を眺める。

もうすぐ桃色へと変わりそうな空が広がっている。窓から冷たい風が吹く。

乾いた唇を舐めて、深呼吸を一つ。大丈夫、わたしなら、大丈夫。

逃げてきたことにきちんと向き合おう。覚悟を決めて、柴谷の横顔を見つめた。

「ねえ、柴谷」

ん、と小さな返事を寄越《よこ》した柴谷は、ぼんやりと空を眺めていた。

「わたしね、もう知ってるの。自分がどうして記憶を失ったのか」

わたしの言葉を聞いた柴谷は、何も言わないで、静かに目を見開いた。

柴谷の瞳が、揺れている。ゆっくりと、その瞳がわたしに流れた。

文化祭のあと、両親にすべてを話した。押し入れの中の遺書を見たこと、自殺しようとしたと聞いたこと、だけど記憶は戻っていないこと、学校で自分の絵を見たこと、柴谷や夕映ちゃんと会っていること。それを踏まえたうえで、わたしの記憶障害について詳しい説明をしてもらった。

色々な専門用語が出てきて頭がパンクしそうになったけれど、要約すると、人間関係によるストレスと自殺における脳への負担によって記憶が飛んでしまったのだという。

その過程で、絵を描いていたことも忘れてしまった、と。

「わたし、絵を描くことがストレスだったのかな」

どうして思い出せないのか。絵に関することで大きな衝撃があったのだろうか。

その謎がまだ解決していない。

「教えてほしい。あの日、何があったのか。わたしが自殺をはかった日、今のわたしが生まれたあの日。いったい何があったのか教えて、柴谷」

詰め寄ると、わざとらしく視線を外した柴谷は小さく首を振った。

「知る必要ねぇよ」

「柴谷とわたしは仲がよかったって聞いたの。柴谷は、わたしの過去を知ってるんでしょ」

さらに詰め寄ると、ぐっと眉間《みけん》にしわを寄せた柴谷が、わざとらしく息を吐いた。

「……知らなくていいこともある」

どこか突き放すようなその言葉も、夕映ちゃんや母の言葉を聞いたあとだと、わたしを気遣ってくれる優しさなのだと分かる。わたしは小さく息を吸って、柴谷の目をまっすぐに見つめた。

「柴谷がポートレートを撮らないのは、わたしが自殺しようとしたことと関係があるの？」

「葉瀬」

なだめるように柴谷がわたしの名前を呼ぶ。それ以上話すな、という圧が彼の声から伝わってくる。けれど、もう止まらなかった。

「未完成の理由が知りたいの。もし、わたしの自殺が柴谷の作品に関係しているなら、ちゃんと過去を知って柴谷の力になりたい。だから教えて、柴谷」

わたしはずっと、逃げてばかりだった。周囲の視線を気にして、息苦しい世界を生きていた。

だけど、そんな自分から変わりたい。

過去に向き合う。それは決して簡単なことではないけれど、何も知らないまま、わたしと関わってくれた人たちの想いも記憶から消してしまったままなのは嫌だ。

彼の作品をずっと未完成のままにしておくのも、嫌だ。

しばらくわたしのことを見つめて黙り込んでいた柴谷は、ゆっくりと瞬きをした。

それから、ふ、とため息を吐いて、透明な瞳に光を宿す。

「ほんと、変わらないな」

呆れと、それからわずかな柔らかさを含んだ目が一瞬わたしを映してから、すぐに窓の外へと向く。

その目は、どこか遠い場所を見つめていた。

静寂のなか、柴谷はわたしだけに届く声で、静かに告げた。

「コンテストに出すはずだったんだ。俺と葉瀬の……合作で」

・・

俺の第一声は、あまりにも腑抜《ふぬ》けた声だった。

「盗作……？」

写真部顧問は、俺と葉瀬の挑戦を心から応援してくれていた。あと少しで完成。ふたりでつくりあげた最高傑作。これなら、自信を持ってコンテストに応募できる。

そんなふうに思っていた矢先だった。彼女が自殺を図ったのは。

あとになって俺はようやく、葉瀬が複数の女子からいじめを受けていたことを知った。

「これを見てほしい」

写真部顧問から見せられたのは、インターネットの記事。大規模なイラストコンテストで、大賞をとっていたのは紛れもなく葉瀬の絵。俺との合作という形で出すはずの絵だった。色塗りはまだされていない、いわゆる下書きの状態。だが繊細なタッチは葉瀬独特のものだ。

雨が激しく降っている世界で、ひとりの女子の後ろ姿がぽつんと描かれていた。その視線の先には、曇天《どんてん》の下、ひどく荒れている海がある。

本来であれば、俺が荒れた海を撮影して、そこに葉瀬が絵を描く予定だったのだ。描かれた少女の背中は丸くなっていて、何かに絶望している、そんな気がした。

彼女に向かって、いくつもの手が伸びている。それはまるで、このまま海に消えてしまいそうな彼女を、必死に止めようとしているように思えた。

右上に、小さな光が差し込んで、二重の虹が架かっている。

それは、荒れているこの天候が、徐々に晴れていくのを示唆しているのだ。

閉じ込めた過去は嵐のようで絶望するしかないけれど、あと少し、彼女に向かって伸びている手が、彼女の手を掴めたとしたら。

やがて雲が流れて嵐が過ぎ去ったあとの未来は、光が差して希望に満ち溢れている。

この絵に、葉瀬は何というタイトルをつけようとしていたのだろうか。

完成時にふたりでタイトルを決めようと話していたので、この絵にはどんなタイトルがつくのか、未だにわからない。

【大賞】と書かれた記事を目にしたとき、はじめは葉瀬がこっそり自分だけのコンテストに応募したのかと思った。俺と合作にするのではなく、自分の力だけで試してみたかったのだと。

けれど受賞者の名前がまったくの別人だと気づいた時、身体から力が抜けていくような感覚がした。

「なんで、これ。まだどこにも出してないのに」

どうしてこんなにそっくり描けるんだ。偶然なはずがない。

「そう思ってすぐに問い合わせてみたら、受賞した子が謝罪したよ。ネットから盗作したって」

「ネットから？」

「何の拍子か知らないが、たまたま葉瀬の絵を見つけたらしい」

葉瀬は絵をネットにあげていた？

どこでどんな扱いをされるか分からないのに？

それは少し……いや、かなり無責任じゃないか。自分だけの作品ではないのに。

『ネットでトラブルだって。ネットはこわいからできるだけ関わらないほうがいいと思うんだけどなぁ』

『この作品は誰にも見せずに眠らせておくの。わたしと柴谷だけが知る、秘密のものにしたいから』

　葉瀬の言葉がよみがえってきて、すぐにそんなはずはないと思い直す。俺が知っている葉瀬紬は、決してそんなことしない。

「君との合作を本当に楽しみに、本気で取り組んでいたからこそショックが大きかったんだろうな」

「それで葉瀬は……」

「創作者にとって、盗作というのは命を奪われるのと同義だ。自分が魂《たましい》を込めて生み出した作品を盗まれるというのは、それくらい大きな衝撃を与える。他者が、たとえ軽い気持ちでやったことだとしても」

　顧問は瞑目《めいもく》して天を仰いだ。

「インターネットに一度出回れば、自分の作品だと主張するのは難しい。彼女はきっと、そんな世界に君との宝物が放り出されたことに責任を感じたんだろうな」

「葉瀬は何も悪くないのに」

「彼女の絵は、彼女の心だ。繊細で、傷つきやすくて、儚くて。言葉にできない彼女の想いが、すべて込められているはずだから」

以前、『きみがずっと言えなかったこと』というテーマで描かれた彼女の絵を見たことがある。顧問の言うとおり、本当に繊細な絵だった。その絵を見た瞬間から、俺は改めて彼女の絵の虜《とりこ》になった。

絵描きなら絵で。物書きなら文字で。写真家なら写真で。

それぞれの作品には、すべてに作者の想いが込められている。だからこそ、たくさんの人の心を打つのだ。

望まぬ形で評価されてしまった絵。どうあがいても間に合わない事実に、彼女は絶望したのだろう。

いじめを受けていながら常に笑っていた彼女が、唯一我慢できなかったこと。彼女を死へと追い詰めた出来事。

それは、俺と描いた夢をかき消されることだったのだ。

いったいどこから葉瀬の絵が流出したのか。俺はその真相を突き止めることにした。

記憶を失くした葉瀬と迎えた新学期。葉瀬の記憶について担任から知らされたとき、明らかに動揺していた人物がひとりいた。

葉瀬紬が自殺を図った。

学校側は隠していたが、その事実は、噂として広まるのにたいした時間はかからなかった。広いようで狭い町だ。同じ高校内だけでなく、他校や中学にも噂が流れたのだろう。

だから表向きに言われている『記憶喪失』という言葉の裏には、『自殺未遂』という事実が隠されていることを、ほとんどの生徒は知っている。

俺はすぐにそいつを呼び出した。放課後、空っぽになった教室に。

「……お前がやったのか」

何を、という部分がなくとも、察したようにうつむいたところで理解した。

まちがいない。

赤坂燈。

こいつが、この泥臭い出来事のすべての黒幕だった。

「そんなに大事な絵だと思わなくて。たまたまノートに描いてあるのを見つけて、葉瀬さん、ちょっとむかつくから少しだけ恥ずかしい思いをさせようと思って裏垢《うらあか》に写真をあげただけ。まさかこんなことになるなんて知らなかった」

目に涙をいっぱいためて、必死に訴えてくる赤坂には、同情の欠片《かけら》すら生まれなかった。

赤坂は首を振りながら、消え入りそうな声で言葉をつむいだ。

「鍵垢《かぎあか》だったし、フォロワーも少ないから本当に身内だけで共有を――」

「黙れよ」

赤坂は息をのんで、ぐっと口を閉じた。

自分ではない誰かのために怒るというのは、そこに必ず愛があると思う。

その「誰か」のことを守りたい。「誰か」の思いを代わりにぶつけたい。

自分がどう思われたとしても構わないから、自分はその人のために腹を立てて、怒りたい。怒鳴って、目の前の相手に嫌われてでも守ってやりたい。

葉瀬紬は俺にとって、たったひとりの大切な存在だった。

「お前の軽率な行為で、葉瀬はあんなことになったんだ。この期《ご》に及《およ》んで許されようとしてんじゃねえよ」

「それは……」

「第一、ムカつくってなんだよ。アイツがお前に何かしたのか？　全部聞いた。お前が葉瀬をいじめていたことも」

なんで言わなかった。

なぜ、気づけなかった。

過去の俺は、いったい彼女のとなりで何をみていたんだ。

「私、葉瀬さんがずっと嫌いだったの。憎かった」

息を吸った赤坂は、覚悟を決めたように俺に向き直った。もう言い訳を並べることはやめたらしい。

「柴谷くん、私には何もしてくれなかったじゃない！　葉瀬さんばかり気にかけて、ちっとも私のほうを向いてくれなかった。私はずっとずっと、柴谷くんのことだけを見ていたのに。葉瀬さんと出会うよりもずっと前から！」

赤坂の目は俺をまっすぐに捉えていた。こうしてちゃんと目を合わせたのは、これがはじめてだった。

「ウザかったの。嫌な思いをして、柴谷くんから離れてしまえばいいと思った。だからいじめたの。葉瀬さんがあんなことになったのは、全部柴谷くんのせいだか――」

「分かった」

これ以上、話し合っても何も生まれないということも。赤坂が反省することなど、この先ないということも。

俺が、葉瀬より赤坂を選ぶことなど、ありえないということも。

すべて、分かった。

「俺のせいでいいよ。全部なすりつけていい。その代わり、今度アイツに近づいたときには俺、容赦しないから。全力でアイツのこと守るから」

「え……？」

「今度はぜったい傷つけさせない」

決意を固める。喉元が熱くなる。

脳裏に、記憶を失ったあとの葉瀬の顔が浮かんだ。青白く、消えそうで、この世の終わりみたいな顔をしていた。知っているやつがひとりもいない環境に、ひどく怯えているようだった。

「どうして葉瀬さんなんかに取られなきゃいけないの？　高校で出会った女に、なんで小学生のときからの私の気持ちが負けないといけないの？　そんなの、おかしいよ……」

赤坂の声が震えて、嗚咽《おえつ》が混じる。

固く目を閉じた赤坂が、小さく息を吸ったのが分かった。

「私……私ね、柴谷くんのことが」

伝える資格すらない言葉を赤坂が発する前に、スマホを目の前に差し出し、ボタンを押した。

『ウザかったの。嫌な思いをして、柴谷くんから離れてしまえばいいと思った。だからいじめたの』

赤坂が絶句する。

再生中、と表示されている画面を見ながら、赤坂は呆然と立ちすくんでいた。視線は一点に集中している。

「これ、バラされたくなかったらもうアイツには近づくな。本当は同じようにネットに拡散してやりたいよ。でも、そんなことをしてもきっとアイツは喜ばないから」

葉瀬はそんなこと望んでいないはずだから。

「お前が葉瀬にどんなことをしたのか、知れ渡ったらお前の立場はまちがいなく崩れる。このとおり、証拠も取った」

「やめて！　そんなことされたら私……」

声を裏返らせながら俺を見つめる赤坂を睨み、静かに息を吐いた。そっと目を閉じると、ひとりの優しい声がこだまする。

「……優しいんだってよ、俺」

「えっ」

「俺は、アイツに見えているとおりの俺でいたいから。だから葉瀬にいっさい近づかないと約束するなら、これはどこにも晒さない。ただし、何かあったらいつでも準備はできてる」

赤坂は悔しげに唇を噛んでうつむいた。彼女の長い髪が垂れて、その顔に影をつくる。

「赤坂。嫌われてもいいからって、傷つけるのは違うだろ？」

赤坂はハッと顔を上げる。その目には大きな涙が浮かんでいた。

「俺は葉瀬のことが好きだから。お前のことは好きじゃない」

分かりきったことをわざわざ伝えようと思ったのは、自分の意思をはっきりとさせるためだった。そして、このくだらない茶番に終止符を打つためでもあった。

赤坂は頬を濡らして教室を出ていく。生ぬるい風が髪を揺らした。

――助けて。

俺は、その言葉が聞きたかった。

頼ってほしかった。会いに来てほしかった。すべてひとりで決めてしまう前に。

俺はずっと、決定打を探していた。

彼女に告白しようと、もっと距離を縮めたいと思える出来事を。

自分に自信がついて、常に笑っていた彼女にふさわしい自分になれるように。

――助けて。

声をあげて、俺に悩みを打ち明けてくれる。助けを求めてくれる。

俺のことを、信じてくれる。

胸の内に秘めた、本当の葉瀬紬。

――俺はいつも、そんなキミを探していた。

・・

「柴谷は……わたしのことが好きだったんだね」

わたしたちの出会いから今までの出来事を聞き終えた。公園で出会ったこと、入学式で再会したこと、以前の葉瀬紬のこと、そして合作でアートコンテストに出そうと思っていたけれど、結局出せなかったこと。赤坂さんのこと、そしてわたしの自殺の理由。ずっと隠されていた過去が、納得いくものに変わっていく。

気付けば頬が濡れていた。これは誰の涙なのか分からない。

わたしのもの？

それとも以前の葉瀬紬のもの？

「今の言い方は語弊《ごへい》があるね。正確には、昔のわたしが、好きだったんだね」

明るくて、前向きで、彼を引っ張って光あるほうへと導いてくれるような。絵が得意で、打たれ強くて、繊細な人の気持ちが分かるような。結局はみんな、以前の葉瀬紬が好きなのだ。

過去を受け止めるつもりで、彼からの言葉を待った。それなのに、思っていたよりも衝撃が大きくて。

どうして、こんな気持ちになるのだろう。

彼が好きなのは昔の葉瀬紬。

その事実を改めて認識するたびに、苦しくて無性に泣きたくなる。

わたしは本物の葉瀬紬にはなれない。

――わたしはきみにはなれないよ、紬。

こんなわたしじゃ、彼のとなりにふさわしくない。並べない。

わたしはやっぱり誰からも求められていない。それが痛いほど分かって、苦しかった。

「教えてくれてありがとう、柴谷」

これ以上彼の顔を見ていると、涙が止まらなくなってしまうような気がした。

どうして、どうして。あんなに自分を強く持とうと決めたじゃないか。それなのに、どうして今揺らぐ必要がある。

悔しい。

わたしは、わたしに勝てない。

どんなにあがいても、昔のわたしには勝てやしない。

――前はもっと明るかったのにね。

――すっかり変わってしまったね。

変わってしまう前のわたしは、みんなの話を聞く限りとても魅力的で。どうしても今の自分と比べて、落ち込んでしまう。

「美術倉庫にカメラ。入れてもらえないのが不思議だったけど、昔のわたしがよく使ってた部屋だからでしょ」

「………………」

「美術倉庫、行くね」

あれだけ頑《かたく》なにだめだと言っていた柴谷は、今日は何も言わなかった。足を踏み入れると、どこか懐かしい特有のにおいが鼻をつく。

柴谷もわたしに続くように、美術倉庫に入ってきた。

ぐるりと見回すと、画材がたくさん並んでいた。完成した作品も、何作か飾られていた。

【葉瀬紬】

すみのほうにつくられたコーナー。そっと棚からキャンバスを引き出してみると、美術部展示で見たような繊細なタッチの絵画が現れた。

「わたしと柴谷はよくこの倉庫を使っていた。もちろん、カメラの置き場も画材の置き場もここ。だから過去の葉瀬紬がいなくなっても、柴谷はここをひとりで使い続けてた。忘れられなかった、そうだよね？」

「……いや」

「たくさん絵が置いてあるから、ここに来るたび、過去のわたしを思い返していたの？」

押し黙ってしまった柴谷を見て、事実なのだと理解する。

せめて、首を横に振るくらいしてほしかった。

そんな欲望で頭が埋め尽くされて、身勝手な自分の醜《みにく》さと、彼の揺るがない気持ちを悟ってしまって、今にも泣いてしまいそうだった。

ぐっとキャンバスを抱きしめる。

わたしはこの絵で、いったい何を伝えたかったのだろう。

――わたしには、やっぱりきみの気持ちなんて分からないよ。紬。

「……葉瀬」

「わたしには前の自分のことが分からない。ごめんね、約束を果たしてあげられなくて。こんなわたしじゃ何もできないから、柴谷のこと応援する資格すらないんだ」

ああ、また自己嫌悪。

彼と出会って変われたはずなのに、変われたと思っていたのに、実際は暗く深い場所を彷徨っているだけ。

「逃げるなよ、葉瀬」

美術倉庫から飛び出そうとした腕を掴まれる。

逃げるなって、なに。

透明な目で見つめられて、途端に逃げ出したくなる。自分の気持ちがぐしゃぐしゃになって、自分自身でもよく分からなくて、涙が溢れ出した。

わたしはもう、前のわたしとは違う。

結局過去を知ったことで自分を苦しめて、永遠に迷いながら、後悔して生きていくのだ。昔の自分に謝りながら、周囲の人をはねのけて。

過去の出来事を知るのはこわくない。だけど、過去の自分を知るのはこわかった。過去の自分が優れていれば優れているほど、今の自分の存在価値を見失う。

「わたし……帰りたい」

柴谷はもう何も言ってこなかった。強く掴まれていた手が、そっと離される。

柴谷に背を向けて歩き出す。追いかけてくる気配もない。

今のわたしが、過去のわたしより優れているところは何だろう。どうやったら、過去の自分を越えられるのだろう。

柴谷が支えてくれるだろうなんて、大きな勘違いだった。支えたいと思っているのは、会いたいと願っているのは、前の葉瀬紬なのだから。

決してわたしじゃない。

家に帰ると母が待っていた。対面して視線が絡んだその瞬間、母はわたしの名前を呼んだ。

「紬」

「え？」

「何かあったのね」

問いかければ大丈夫だと答えると思ったのか、母は断定するように言葉を発した。

「お母さんね、ずっと紬に渡さなきゃいけないものがあったの」

母は寝室に姿を消し、それからしばらくして一冊のスケッチブックを抱えて戻ってきた。

わたしが押し入れの中から見つけたものとは違うスケッチブックだった。

「本当は遺書と一緒にこれも見つかっていてね。最初はお母さんたちから柴谷くんに渡そうと思ったんだけど、それはやっぱり違うんじゃないかって。これは、紬から渡すべきだと思ったの」

両親が遺書や画材を押し入れに隠していたのは、それらを捨ててしまえば昔のわたしが生きた証《あかし》が完全に消えてしまうような気がしたからだと言っていた。名残《なごり》惜しくて捨てられなかった、と。

遺書、画材、それらが押し入れから見つかったとき、柴谷に宛てたものが何もないことに違和感を覚えていた。

遺書に書かれていた追伸は柴谷に宛てたものだとしても、彼へ残す想いはたった一文だけで割り切れてしまうものなのかと。

柴谷の記憶の中で、わたしは「来年の冬に渡したい絵がある」と言っていたらしい。来年の冬渡したいもの。以前のわたしがずっと準備していたもの。

だけど渡せなかったもの。

じっとそのスケッチブックを見つめる。

ずっと考えていた。わたしが生き延びてしまった理由を。

残された人生で、空っぽになってしまった人生で、わたしは何ができるのかを。

スケッチブックをゆっくりと開くと、そこにはたくさんの柴谷が白黒で描かれていた。下書きのようなものがたくさん描かれている。さまざまな表情で、さまざまな場所で、さまざまなことをしている柴谷で溢れていた。

最後のページは、下書きではなかった。まるで写真かと思ってしまうほどにリアリティがあり、思わず息をのむ。

それは彼がいちばん素敵で、美しく、そしてかっこよくなる瞬間の絵だった。

その絵の彼は、カメラを構えてまっすぐにこちらを見ていた。

すぐに、はじめて出会った瞬間の絵なのだと気がつく。柴谷の写真に乱入した瞬間、以前のわたしにはきっとこんなふうに見えていたのだ。

声も出せずにじっとその絵に見入っていると、母が「あのね、紬」とつぶやいた。

「……実はお母さんが早起きした日の前日に、柴谷くんと偶然会ってね。そのときに言われたの。朝ごはん、一緒に食べないんですかって」

「え」

「だめね、お母さん。紬はお母さんと一緒にいるのが嫌なんじゃないかって思って、距離を詰めようとしなかったの。紬の本当の気持ちを聞かないまま、勝手に決めつけて」

とある朝の会話が思い起こされる。

『お前はどうしたいわけ？』

『一緒に朝ごはん、食べられるようになりたい。それで……いってきますって、直接言えるようになりたい』

たしかあのとき彼は「お前次第なんじゃないか」と言っていた。けれどそれきり何も言わなかったから、軽く聞き流されてしまったと思っていたのに。とっくに忘れていると思っていたのに。

母とわたしの間にある壁を取り壊すきっかけをくれたのは、彼だったんだ。

わたしの知らないところで、彼はいつも、わたしを助けてくれていた。

もう一度、前を向いて進み出せるように。

だったらわたしは、彼の思いを無駄にしてはいけない。もう、彼にはじゅうぶん助けてもらった。今度はわたしが、一歩踏み出す番だ。

「あのね……お母さん」

はじめての吐露に唇が震えて、逃げ出したくなる。けれど、ぐっと足に力を入れてゆっくりと背筋を伸ばした。深く呼吸をする。

今のわたしなら、きっと大丈夫。

「記憶を失ってから、お母さんのことがお母さんって思えなかった。すごく大切にしてもらってるのは分かってるのに、どうしても知らない人みたいで、そんなふうに思ってしまう自分が嫌で……避けてたの、お母さんのこと」

母の目がハッと大きくなる。それから、瞳の奥がゆらりと揺れた。

「昔のわたしに比べて、今のわたしは全然だめで。明るくもないし、絵が描けることも知らなかった。ずっと苦しくて、学校もしんどくて、お母さんも昔のわたしのほうがよかったんじゃないかって思ったら、関わるのがこわくなった」

「……紬」

「わたしなんて、誰からも必要とされてないって思ってた」

母の目から涙が落ちる。一瞬のうちに、わたしは抱きしめられていた。耳元で、あたたかい声が聞こえる。

「そんなわけないじゃない。お母さんは今の紬も、昔の紬もずっとずっと大好きよ」

「逃げてばっかりでごめんなさい。いなくなろうとしてごめんなさい……全部ぜんぶ、ごめんね、お母さん……っ」

「お母さんこそごめんね、紬……ずっと苦しい思いをさせて、ごめんね」

母の身体がゆっくりと離れて、まっすぐに視線が絡まった。

「お母さんは、紬のことが大好きよ」

優しい声が耳朶《じだ》を打った。

心の奥の凍っていた部分に光が差し込むように、じわじわとあたたかさが広がって、冷え切っていた心が溶かされていく。

そのとき、ふと、リビングのドアに影があることに気がついた。

「お父さん」

呼ぶと、そろりとドアが開いて、目を赤くはらした父が入ってきた。

「……紬」

「お父さん」

「ちょうど帰ってきたら声が聞こえてきてしまって……。お父さんも、紬に謝らないといけないことがあるんだ」

父はわたしの近くに来て、頭を下げた。

「また、気づいてやれなかった。紬のことに、勝手に踏み込んではいけないと思っていた。でもそれは都合のいい言い訳だった。変なところで気を遣って、どう接していいか分からなくて、ちゃんと向き合おうとしていなかった」

「お父さん。顔、上げて」

そう言うと、父はゆっくり顔を上げて、わたしの目をまっすぐに見つめた。母と同じ、綺麗で、あたたかい瞳だった。

「お父さんもお母さんも、紬のことが大切だ。これを、きちんと伝えていなかった」

「……っ」

「つらいことがあったとき、逃げる選択肢は周囲が断つべきじゃないのは分かっている。だけど、お父さんは紬に笑って生きていてほしい。だから、今度はお父さんやお母さんにも話してほしい。無理にじゃなくていいんだ。ただ、しんどくなったとき、お父さんとお母さんは、何があっても紬の味方だから。これは絶対で、いつまでも変わらないよ」

はじめて、両親の顔をちゃんと見た。わたしの両親は、こんなにも優しい顔をしていたなんて、こうしてきちんと話をしなければ知らなかった。

わたしは誰からも必要とされていない。そんなふうに思っていた。

けれど、違ったのだ。

わたしは、こんなにも無条件の愛を、与えてもらっていた。大切にされていた。

「柴谷くんには、本当に感謝してもしきれないな。こうして、また家族で話すきっかけをつくってもらったんだから」

「本当に、助けられてばかりね」

涙を浮かべながら笑い合う両親を見る。

脳裏に柴谷の顔が浮かんだ。

綺麗な目が、じっとわたしを見つめている。薄く笑いながら、優しくわたしを見つめている。

そうだ、彼は。

いつも、そうやってわたしを見ていた。

「お父さん、お母さん」

毎日自分を嫌いになって、消えたいと願って、以前のわたしに申し訳ないと謝って。

変わってしまった自分を恨みながら、生きていく意味を探していた。

だけど彼は、変わってしまったわたしのそばに、それでもずっと寄り添ってくれていた。

息苦しくて、しんどくて、下を向いてばかりだったわたしに、もう一度息の仕方を教えてくれた。厳しい言葉を投げかけられたり、鋭い視線を向けられたりしてどうしようもなくつらくなったこともあった。けれど、彼は決してわたしから離れてはいかなかった。手を伸ばせば届く距離にいて、わたしが助けを求める前に、すぐに手を掴んでくれた。


『──俺が、いるから』

『俺はお前の素直な気持ちが知りたい。葉瀬がずっと言えなかったこと、今の俺なら受け止めてやれる』

『俺は、今の葉瀬のこと見てる。はじめからずっと、俺は今のお前のことを見てるよ』


わたしだけに向けた言葉を、惜しむことなく贈ってくれた。

そうだ。柴谷は、ずっと。

ちゃんと今のわたしを見てくれていた。

──わたしは、柴谷のことが好きだ。

だからこんなにも苦しくて、泣きそうになってしまうのだ。

彼がわたしを通して過去の葉瀬紬を見るたびに、胸が締め付けられて息ができなくなる。

ずっと、今のわたしのことだけを見ていてほしい。

彼のとなりで笑っているのは、わたしがいい。わたしだけがいい。

この感情を恋と呼ぶのなら。

――きっと、わたしは君に、恋をしている。

「わたし、今から出かけてきてもいいかな」

わたしは、以前のわたしが言えなかった気持ちを、伝えられなかった想いを彼に届けるために、この世界に生まれた。十七歳の誕生日、すべてに絶望した日にわたしの人生は始まった。

「気をつけていってらっしゃい。紬」

母の言葉に、うん、と力強くうなずく。

過去のわたしは、柴谷のことが好きだった。

柴谷も、過去のわたしのことが好きだった。

ずっと言えなかった過去のわたしの気持ちを、今度は今のわたしが伝えにいく。

ぱらぱらとスケッチブックをめくった。

繊細なタッチで描かれた絵の中で、柔らかく笑う柴谷を見つめる。

突き刺すような部分はいっさいなくて、ただただ優しさが溢れている絵だった。

スケッチブックを抱きしめて、家を飛び出す。

会いたい。柴谷に会いたい。

この作品を、想いを、彼に届けたい。

わたしが死ななかった理由。こうして生命を繋いだ理由は、きっと。


「柴谷！」

もしかしたら、まだ学校に残っているかもしれない。夕暮れの光を浴びながら、走って学校に戻る。

運動部はまだ活動をしている時間で、その可能性はじゅうぶんにあった。

けれどもう、柴谷はいなかった。美術倉庫までくまなく探したけれど、そこに柴谷の姿はなかった。

代わりに、いつも置いてあるはずのカメラがなくなっている。

どこかでカメラを構えているのだろうか。

ポケットからスマホを出して【どこにいるの？】とメッセージを送ったけれど、なかなか既読がつかない。

もう一度校内を探すため、足早に廊下を歩いていると、角からいきなり現れた人物とぶつかりそうになる。それが誰なのかを認識したとき、思わず息をのんだ。

「赤坂さん……」

赤坂燈。記憶を失ってからは一度も関わったことがないけれど、以前のわたしを追い詰めた張本人。事実を知ると、見る目がガラッと変わってしまう。

「その反応、もしかして思い出した？」

いぶかしげに眉を寄せた赤坂さんに「違います」と首を振った。

「記憶は戻ってないです。でも、以前のわたしが何をされたのか、それは聞きました」

「……そう」

「正直、怒っています」

過去の話を聞いたとき、いちばんに浮かんできた感情は怒りだった。彼女は過去のわたしを苦しめた。その事実はこれまでも、これからも変わることはない。

「以前のわたしは、まちがいなくあなたのせいで死まで追い詰められた。柴谷との夢を壊されたまま」

「……ええ」

「すごく苦しかった。結果的に助かったとしても、記憶を失うことになるほどの出来事だった」

そうして、わたしが生まれた。

赤坂さんのせいで過去のわたしは消えてしまったけれど、赤坂さんのおかげで今のわたしは生まれたのだ。

息を吸う。

肺いっぱいに空気が満たされるのを感じた。

「死のうとした時までのわたしは、ずっと自分の気持ちを隠したままだった。誰にも助けを求められないまま、笑顔を貼り付けて。でも今のわたしは違うから。以前のわたしが叶えられなかった夢を、今度はわたしが叶えてみせる」

柴谷と、一緒に。

「それに赤坂さんの気持ち、今なら少しは分かるから。もちろん嫉妬で誰かを傷つけるのは許されちゃいけないことだよ。でも、柴谷が好きなのは昔のわたしで、決して今のわたしじゃないから。柴谷がずっとずっと好きなのは昔の葉瀬紬だから。それが悔しいし、羨ましい」

好きな人の、好きな人。いくら憧れてもまったく手の届かないその場所で笑っている姿を見るのは、当然苦しい。

「だからね、もういいの。今を生きてるのはわたしだから。今のわたしは、赤坂さんのこと許すよ」

人間は完璧じゃない。どんなに頑張っても自分の心に勝てないときがあるし、自分の弱さを人のせいにして、すべてから逃げたくなることだってある。自分の気持ちだけを押し通そうとして、時にぶつかり合いが生じることもある。

だけどそのたびに言葉を交わして、行動で示して、一緒に前に進んでいくことができたら。そしたらぶつかり合う前よりも、お互いのことを知ることができるはずだ。

そうやって、わたしたちは生きていくしかない。

だってわたしたちは、未完成なのだから。

「……やっぱり、あなたには勝てないわ。何も変わっていないもの」

「え？」

「柴谷くんが好きなのは、いつまで経ってもあなたなんだと思う。過去も今もきっと関係ないわ。悔しいけど、ほんとに何も変わってない。以前のあなたも今のあなたも、すごく強くて敵わない」

泣きそうな顔で笑った赤坂さんは「柴谷くんなら少し前に校舎から出て行ったわよ」と教えてくれた。

柴谷はどこにいるのだろう。彼がよく行くところなど知らない。

必死に記憶を手繰《たぐ》り寄せる。柴谷が話してくれた過去に、何か手がかりはないのか。

カメラを持ち出した柴谷は、いったい何を撮ろうとしていたのだろう。

柴谷の過去とカメラが関係する場所。

それは──。

薄く広がる淡空《あわぞら》の下。

柴谷と葉瀬紬がはじめて出会った場所に向かった。

花びらも葉もない桜のそばでたたずんでいる柴谷に駆け寄ると、彼は驚いたように
こちらを向いた。その手にはしっかりとカメラが抱えられている。

「これを、柴谷に渡したくて。ごめんね、途中で逃げ出したりして」

切れそうな息のまま、柴谷にスケッチブックを差し出す。

柴谷がぱらぱらとページをめくった。

「色は塗れてないから、完成は、してないと思うんだけど……」

弱々しい声で告げるわたしにうなずいて、柴谷は一つひとつ、愛おしむようにその
絵を見ていき、最後のページで視線を止める。その絵を静かに見つめた彼は、そっと
瞳の奥をゆるませた。

「約束、ちゃんと果たしてくれたんだな。ありがとう、葉瀬」

その言葉は、わたしに向けられたものではなかった。

来年の冬、と交わされた約束を。果たせなくてごめんね、と記された約束を。

ちゃんと守り抜いた、ここにはいない葉瀬紬へと贈られた言葉だった。

「ありがとう、葉瀬」

もう一度、柴谷はつぶやく。

「きっとね。昔のわたしは、柴谷のことが好きだったんだよ。この絵を見たら分かると思うけど、本当に、好きだった」

やっと、言えた。


——きみが直接言えなかったこと、伝えてあげられたよ。


ねぇ、過去のわたし。

きみがずっと言えなかったこと。

ちゃんと彼に届いてるよ。

柴谷は目を細めた。彼の透明な瞳に、もっと透明なものが光っている。

柴谷は空を見上げて、そっと目を閉じた。

それから小さく息を吸って、もう一度その瞳にわたしを……否、あたしを映す。

「俺も……好き、だった」

気づけば頬が濡れていた。

柴谷からつむがれる繊細な言葉と、そこに込められた想いに、心が震えて涙が止まらなかった。

昔のわたしと柴谷の想いが通じ合った。今はそれだけでよかった。

今のわたしの気持ちなんて、伝えるべきじゃない。

だから、わたしが言えることは。

今、彼に言いたいことは。

「でも、過去のわたしはもういないから。ここにいるのはまったく違うわたし」

ぎゅっと拳を握りしめる。まっすぐに柴谷の目を見つめた。

柴谷は呼吸を合わせて、わたしの言葉を待ってくれている。

「だからもう一度、挑戦しよう。柴谷」

その瞬間、柴谷の目が見開かれた。

優しい風がわたしたちの髪を静かに揺らす。また、トンッと誰かに背中を押されたような気がした。

きっと、背中を押してくれたのは……過去のわたしだ。

「過去のわたしとの作品は未完成のままかもしれない。だけど今度は、新しいわたしと一緒に頑張ってくれないかな」

わたしたちは何度だってやり直せる。

生きているのだから。

こんなところで立ち止まってはいられない。夢を描いたその先で、わたしたちはとなりに並んでいるはずだから。

彼と描く未完成な世界を、わたしはこれからも見ていたい。

「前みたいに素敵な絵は描けないかもしれない。筆を握っても失望させるだけかもしれない。それでもわたしは頑張るから、だからもう一回挑戦してみようよ」

すう、と息を吸って、柴谷を見つめる。自然と言葉が口をついた。

「ふたりならきっとできるよ」

その瞬間、柴谷の目が大きくなって、それからゆっくりと細められた。

柴谷。

空っぽのわたしに息の仕方を教えてくれた人。

学校に行く理由になってくれた人。

もう一度、前を向くきっかけをくれた人。

わたしは何度記憶を失っても、そのたびに彼を好きになるのだろう。

導かれるように。息をするように。

未完成な世界に、徐々に色をのせていくように。

――そんなふうに、君のことを好きになった。

「言っただろ。俺にとっては過去の葉瀬も、今の葉瀬も、どっちも本物の葉瀬なんだって」

「え？」

スケッチブックとカメラを丁寧に抱きしめて、柴谷は凛とした光をたたえたまま、こちらを見た。

「――紬」

名前を呼ばれた瞬間、全神経が彼に注がれる感覚がした。

世界から音が消える。

彼の瞳から目が離せなくなる。

「俺ともう一度、コンテストに挑戦してほしい」

ふたりで挑戦すればこわくない。

もう一度、一緒に同じところを目指そう。

――わたしと君なら、きっとできるよ。

わたしたちはこうやって支え合って、与え合って、未完成な世界を生きていく。

九.　羨望は越えられない

私には後悔していることがある。

自分の嫉妬を抑えきれずに、とある人物を傷つけたことだ。

葉瀬紬。

私は柴谷くんにずっと想いを寄せていた。小学生のころから、女子や恋愛に興味がなく、常に自分の世界を生きているような彼に惹かれていた。何度も何度もアタックしたけれど、全然相手にしてもらえなかった。

それでも、彼が夢中になるような相手がいなかったから安心していた。

高校に入って、葉瀬紬という存在が現れるまでは。


高校に入ってすぐに、私は彼女に伝えたのだ。「私は柴谷くんのことが好きだから」と。今まではそうやって口にすることで、周りを牽制《けんせい》してきたから。

だから諦めてね、という隠された意味にも、きっと彼女は気づいたはずだった。

けれど彼女は真剣なまなざしで、言ったのだ。

「赤坂さんの気持ちは赤坂さんのもの、あたしの気持ちはあたしのものでしょ。誰かがその気持ちを制することはできない。だからあたしは自分の行動を変えたりしないし、赤坂さんに身を引いてほしいとも思わない」

差は歴然としていた。悔しいと嘆《なげ》く気持ちとは裏腹に、自分との差を見せつけられたみたいで、諦めの感情すら浮かんでいた。

——あまりにも差がありすぎる。

柴谷くんが求めている人間というのが葉瀬紬であるならば、私はどう頑張っても柴谷くんのとなりに並ぶことなんてできないのだと理解した。

写真家の彼と、絵描きの彼女。

それだけでも特別感があったけれど、ふたりが並んでいるのをみると、ただそれだけの感情でふたりが一緒にいるわけではないのだとすぐに分かった。

誰にも立ち入れない雰囲気がそこにはあったのだ。

もし葉瀬紬がとても性格の悪い人間だったなら、面と向かって火花を散らすことができたかもしれない。

けれどあまりにも彼女が出来すぎた人間だったから。

柴谷くんのとなりにふさわしい人物だったから。

私は姑息《こそく》な手を使って、彼女を苦しめることしかできなかった。

その日も、少しばかりイタズラしてやろう、くらいの気持ちだった。

教室に戻ったとき、ふと葉瀬さんの机の横にかけられている鞄《かばん》が目に留まった。

周りに誰もいないことを確認して近寄り、息を殺しながら、スケッチブックを取り出して、開く。

色も塗られていなければ、くっきりと描かれているわけでもない。イラスト好きな友達が「ラフ」と呼ぶそれに似ていた。

もう一度周囲を見渡して、持っていたスマホで写真を撮った。一瞬の行動だったけれど、心臓がバクバクと鳴って飛び出そうだった。

小さなコミュニティ。

私と、それからいつも一緒にいるマキとミホ。あとは……信頼はできないけれど、いつも私の後ろをついてくるサキやアコ。たったそれほどの人しか知らない鍵アカウント。

そこで共有して、反応を楽しもうとしていた。

彼女たちはいつも私が満足できるような言葉を探して、私に話しかけてくる。だからとても気持ちがいいし、落ち込んだときにはすごく支えになっていた、はずだった。けれど最近になって思うようになった。あまりにもバカバカしいと。

アイコンの周りが虹色に光ったのを見て、ストーリーがきちんと上がったことを確認する。

投稿してすぐに、サキとアコの閲覧履歴がついた。ふたりとも抜かりなく、いいね！を押している。

本当にいいね！と思っているのか、既読感覚でいいね！しているのか、本当のところは分からないけれど、おそらく後者だろうと思う。

はあ、とため息を吐いた。

『ともたん、葉瀬のことほっといていいの？』

『今日も柴谷くんと距離近かったよ』

『貼り紙しておいたからね！　まったく、暴言書くこっちの身にもなってほしいよね～』

『早く身を引けっつーの！』

グループチャットに次々とメッセージが書き込まれていく。私はそれに反応せず、既読をつけただけで電源を落とした。

ああもう、見たくない。

もちろん最初は少しでも嫌な思いをさせてやろうと最低なことを思っていた。けれど葉瀬さんの強さと優しさに触れるたびに、嫌がらせをしている自分が情けなくて、みっともなくて、消えたくなった。

私に絵の才能があったら。そしたら、柴谷くんのとなりに並べただろうか。

彼女として。柴谷くんの好きな人として。

自問して、やがて首を振った。答えが出るのは一瞬だった。

いくら柴谷くんの目を引くような絵が描けたとしても、きっと私ではだめだ。

柴谷くんは、葉瀬紬でないと、だめなのだ。

いつしか、強い私を求められるようになっていた。クラスの女王として権力を振るって、学校を偉そうに闊歩《かっぽ》しながら、青春を謳歌するような。

取り巻きたちはみな、私が葉瀬さんを痛めつけることを望んでいる。彼女たちは比較的安全な場所から葉瀬さんが苦しむところを見て面白がっているに過ぎない。

自分ひとりでいじめる勇気はないから、同じように葉瀬さんに嫉妬している人で固まって、攻撃してやろうという魂胆《こんたん》だ。

こんなことをすればするほど、柴谷くんに選ばれるはずなどないのだとわかっていた。けれど止められなかった。

葉瀬さんの上履きを隠そうと、下駄箱から取り出したとき、彼女と鉢合わせたことがある。それまでも何度か葉瀬さんの私物を隠したことはあったけれど、上履きはこれがはじめてだった。いじめの決定的瞬間を確実に見られた瞬間、心臓が縮みあがって身体から力が抜けそうになった。

「あ……」

「未遂だから大丈夫だよ！」

それなのに、彼女は笑みを絶やさず私のもとへと近づいてきた。

そのときばかりは、え、と固まった。どうしてこんなふうに笑えるのか、本当に自分と同じ高校生なのか、何もかもが信じられなかった。

「あなた……つらくないの？」

いったいどういうつもりで訊いているんだと、自分で笑ってしまいそうになる。彼女を苦しめている張本人。そして、私が主犯だということも、きっと彼女は知っているのだろう。

「嫌じゃないって言ったら嘘になるけど……でも、大丈夫！　全然、大丈夫」

「……バッカじゃないの」

「バカなのかな、あたし。うん、バカだから平気なのかも！」

彼女のアーモンド形の目がスッと線になる。

「じゃあ、あたし行くね！　赤坂さんも部活頑張って！」

私はどうやっても脇役だ。

彼女が主人公で、柴谷くんが主人公の相手役だとしたら、私は台詞《せりふ》が少しある程度の脇役。

昔から、ご都合主義の小説が嫌いだった。

主人公の言動で、周りの態度がどんどん変わっていく。最初は主人公をやっかんでいた登場人物たちが、最終的には主人公のことを好きになる。

主人公が周りの人たちを変えていくなんて、そんなわけがないと思っていた。主人公に魔法の力でもなければ、そんなこと現実世界ではありえない、と。

だけど、本当に存在していた。いじめてやろうとか、嫌な思いにさせてやろうという気持ちが、なんて浅ましくて無意味なことだったのだろうと気づかされてしまう。

彼女に抱いていた邪念などとっくに消え、いつしか憧れを抱くようになった。

だからもう、こんなくだらないことはやめよう。そう言ったら取り巻きたちはまちがいなく幻滅して、私のそばを離れていくだろう。

それでも、こんなふうにかっこ悪いことを続けていくのは耐えられなかった。

──私は、葉瀬紬の笑顔がみたい。

そう思っていた矢先だった。

急に葉瀬さんの嫌な知らせが耳に入り、両親に呼び出されたのは。

葉瀬さんが自殺を試みたこと。命は助かったがその過程で記憶を失ったこと。私が鍵垢であげた絵の写真が違うアプリで拡散されて、盗作されたこと。その作品がコンテストで受賞を果たしてしまい、柴谷くんと葉瀬さんの夢を台無しにしたこと。

──私が、主人公である葉瀬紬を殺したこと。

頭が真っ白になった。

繋がっている数人の友達……否、知り合いがどこかに無断転載したなどという事実は、考えたくなかった。けれど流出してしまった以上、そう考えるより他にない。

私は呆然と両親の話を聞いていた。葉瀬さんの両親に会って頭を下げた時、ようやく取り返しのつかないことをしてしまったのだとわかった。

あの一瞬で。私の軽率な考えで。

浅ましい嫉妬で。

あやうく彼女は死ぬところだった。

始業式、胸が張り裂けそうになりながら彼女の姿を待った。すぐに謝るつもりだった。許してもらえるとは思っていないけれど、今までの心が狭くて傲慢《ごうまん》な自分からは卒業できると信じて。

けれど。

『ご迷惑をおかけしますが……よろしく、お願いします』

常に笑顔を浮かべていた彼女とはまったくの別人。うつむきがちにそんな挨拶をした葉瀬紬という人物を、私はただ見つめることしかできなかった。

その日の放課後、柴谷くんから呼び出された。それはまったく嬉しいことではなくて、むしろこれから地獄が待っているのだと直感的に悟った。

案の定、彼から厳しい言葉をぶつけられた。

そのすべてに、彼の、葉瀬さんに対する愛が込められているように感じて。

こんなに圧倒的で、羨望することすらおこがましいような想いに、私は嫉妬していたのか。そう気づいた時、アホらしくなった。

すべて、私が悪い。彼女をいじめてきたツケが回ってきたのだ。

私は柴谷くんの前で、過剰なまでに自分の思いを吐露した。言葉を並べれば並べるほど、自分の醜さが際立って泣きたくなった。

『私……私ね、柴谷くんのことが』

その先を続ける前に、録音を流されて遮られた。けれど私は、その先を続けるつもりは最初からなかった。

そんな資格が私にないことは、痛いほど分かっていた。

『俺は葉瀬のことが好きだから。お前のことは好きじゃない』

その言葉をはっきりと告げられたとき、泣きながらも、心のどこかで安堵していた。

これでやっと、終わることができる。

汚い自分から卒業することができる。

彼を想って苦しむことに、ようやく終わりが見えた気がした。

柴谷くんと交わした条件は、二度と葉瀬さんに近づかないこと。

彼女に謝ることができたら、と思っていたけれど、最初からいじめや盗作騒動はなかったことにして、記憶から消すほうが幸せなのだろうと思った。

だから近づかないようにしていた。

それなのに。

『だからね、もういいの。今を生きてるのはわたしだから。今のわたしは、赤坂さんのこと許すよ』

葉瀬さんは自分自身のことを、前とは変わってしまったと卑下《ひげ》していたけれど、それはきっとまちがいだ。

芯の部分が何も変わっていないから。まっすぐ前を向いていて、強くて、周囲を引き込んでいく圧倒的な力。

もしかすると、繕っていた部分がすべて柴谷くんによって取り除かれた今の葉瀬さんが、本物の彼女なのかもしれない。いじめられてもいつも笑っていた彼女は、決して痛みに鈍感なわけでも、平気なわけでもなかった。あの時はきっと、彼女は無理をして笑っていた。記憶を失ったあとの、どこか心細そうで、暗い表情をしているのに、それでも優しい彼女こそが、本当の葉瀬紬なのだ。

ありのままの自分をさらけ出せる存在。

それが柴谷くんにとっての葉瀬さんで、葉瀬さんにとっての柴谷くんだ。

『柴谷くんなら少し前に校舎から出て行ったわよ』

せめてもの償いで口をついた助言に、葉瀬さんは「ありがとう」と微笑んで走り去っていった。

これでよかったんだ。

彼女も彼も、幸せになるべきだ。

ただ、一つ。

まだ彼女に伝えられていない「ごめん」という言葉。

それだけが私のなかで、引っかかっていた。

＊＊＊

「謝れたのか？」

ある日の放課後。教室でゆっくり準備していた私に声をかけてきたのは柴谷くんだった。葉瀬さんに謝りたいと思っているうちに、季節はいつのまにか冬に突入していた。

「……ううん。まだ」

首を振りながら、はたと考える。

どうして彼は、私が謝りたいと思っていると気づいたのだろう。

彼が抱いている私の印象は最悪のはずだ。謝るなんてこと考えられないくらいに、自分勝手で自己中な人物だと捉えられているはずなのに。

「どうして私が謝りたいって思ってること、知ってるの？」

「なんとなく、そんな気がしただけ」

彼は、人をよく見ている。まったく興味がないふうだとか、冷たく突き放している
ように見えても、その裏でしっかりと相手の本質の部分を捉えている。

そういうところがすごい。

この人を想った瞬間があってよかったと、心から思った。

「しばたにー？」

ふと、廊下のほうから声が聞こえる。葉瀬さんの声だ。

先生に頼まれごとをしていて、少し席を外していたらしい。

このあと、彼らは作品の制作に取りかかるのだ。今は純粋な気持ちで、心から応援
している。

「葉瀬。赤坂から話があるって」

現れた葉瀬さんの肩に手を置き、そんなことを言う柴谷くんにギョッとして視線を
向ける。鞄を持って戸に手をかけた彼は、振り返って私を見ると片眉を上げげた。

「頑張れ」

そうして、教室を出ていく。

あまりにも突然舞い降りてきたチャンスにあたふたしている私を、葉瀬さんはおだ

やかな表情で見ていた。

「なに？　赤坂さん」

「あ、えっと……」

手汗がにじむ。冬だというのに、身体から火が出ているかと思うくらい暑い。

葉瀬さんは急かすことなく、私の言葉をじっと待ってくれた。深呼吸をすると、いくぶん心に余裕が生まれる。

「傷つけて、ごめんなさい」

頭を下げる。

ああ、言えた。浮かんだ涙で目の前がぼやける。

ずっと言えなかった。ごめんね、と、その一言がずっと。

「うん。いいよ」

「……葉瀬さん」

「もう一回、やり直そうよ。今度はわたしも、嫌なことがあったらちゃんと言うから。我慢しないで、自分の気持ちに正直に生きるって決めたから」

葉瀬さんは満面の笑みを浮かべていた。

これまで見ていた表情とは明らかにどこか違った。

心からの笑顔だった。

「燈ちゃん。よろしくね」

謝って、許してもらって、和解する。それはとても難しいことだと思っていた。

けれど私が勇気を出さなかっただけで、葉瀬さんはこうして私を待ってくれていた。

今となってはこんなにあっさりできることなのに、どうして当時は複雑に思いが絡まってしまったのか。

変なプライドや嫉妬が邪魔をして、ずっと謝ることができなかった。

「ありがとう……紬ちゃん」

名前を呼んだ瞬間、一粒、涙がこぼれ落ちた。

十. 君と切りとる世界

「おはよう、お父さん。お母さん」

あれから季節がめぐり、夏が来た。わたしが生まれた季節だ。

燈ちゃんとはクラスが離れてしまったけれど、今も交友は続いている。休日には一緒に出かけたり、放課後カフェに寄って帰るほど仲良くなった。

夕映ちゃんと柴谷とはまた一年同じクラス。三年生として高校生最後の年を一緒に過ごしている。

笑う回数が増えたからか、クラスメイトともだんだん打ち解けてきて、今は何不自由なく過ごすことができている。学校が息苦しいと思うこともなくなった。

夏休みだというのに、両親はどちらも早起きをしていた。

食卓を囲んで、一緒に朝食をとる。

「紬は今日も学校？」

「うん。明日ついに完成予定なの」

「あら、すごいじゃない」

「作品見るの楽しみにしてるからな」

嬉しそうに微笑む両親を見ていると、わたしまで笑顔になる。

「卵焼き甘くて美味しい。わたし、お母さんが作る卵焼き大好きだよ」

「あら嬉しい。でも紬も作れるわよね、この味」

「ううん。お母さんの味がいちばんに決まってる」

そんな会話をしていると、机に置いていたスマホがメッセージの着信を知らせた。

【柴谷】

何度か名前に変更しようかと思ったけれど、なんだか【柴谷】という響きがいちばんしっくりくる気がしてやめた。それを柴谷に言ったとき、彼は「俺も【葉瀬】って登録してるわ」とスマホを見ながら笑っていた。

履歴を見ると、彼とのメッセージのやり取りや着信が数多く残っている。

【迎えにいく】

彼のメッセージに、了解、と返信してスマホを閉じた。

わたしたちが目指しているのは、夏の終わりに開催されるアートコンテスト。テーマは『きみが生きる世界』だ。去年は残念ながら出品できなかったので、今年こそはと意気込んでいる。

朝食を食べ終えたあと、部屋に戻って少し高めの位置で髪を括った。夏だからいいよね、とわけの分からない言い訳をしつつ、少しだけメイクもしてみる。

そうしていると、

【着いた】

とメッセージが届いたので、あわてて鞄を持った。

玄関前で一息呼吸をして、振り返る。リビングから顔を覗《のぞ》かせた両親が、笑顔で手を振っていた。わたしも大きく手を振り、笑顔で告げた。

「いってきます」


家から少し離れた場所でわたしを待っていた柴谷は、わたしに気づくと片手をあげて近づいてきた。

「わざわざありがとう」

「べつに、俺が来たかっただけ」

そんな言い草に、ふぅん、と返す。彼とこうして学校へ向かうのは何度目か。

はじめてのときは緊張していたけれど、今はもうそこまで緊張しない。

むしろ、となりにいるのが居心地よく感じる。

シャツが肌に張り付く。高く縛った髪のおかげでむき出しになったうなじに風が当たる。

空を見上げると、入道雲が遠くに見えた。

「葉瀬、キャラメルいるか？」

「うん」

夕映ちゃんから聞いた話だけれど、柴谷はどうやら甘いものが苦手らしい。そう知った時、驚愕した。念の為にと用意した【柴谷図鑑】には、甘いもの好き、と記録しておいたからだ。

『それって紬ちゃんが甘いもの好きだから、いつも持ってるんじゃないの？』

にやつきながら言ってくる夕映ちゃんに、誤魔化すように「そんなわけないよ」と言ったけれど。

案外まちがいじゃないのかも、と思ってしまいたくなる。

「そういえば柴谷、わたしのこと『紬』って呼んでくれないんだね。前に一回呼んでくれたことあったのに」

「あれは……気合い入れないと呼べねぇから無理」

「なにそれ」

まぁ、わたしも彼のことは苗字呼びなので、無理強いはできない。

「明日でやっと完成だね」

そう言うと、うなずいた彼は、少し緊張した面持ちでまっすぐに前を見据えた。

柴谷ともう一度コンテストに挑戦しようと約束したあと、わたしは思い切って美術部に復帰することにした。昔のように絵が描けるのか緊張していたけれど、筆を持つと、身体が勝手に描いてくれた。一緒に夢を目指そうと豪語した手前、柴谷の何の力にもなれなかったらと最初は不安だったけれど。

自分の心にあるものをこの筆で写し出す。そんな感覚で描いていたら、ずっと見ていた葉瀬紬のタッチが現れたのだ。

写真に絵を描き込んでいくわたしを、柴谷はとなりでじっと見つめていた。

構成を練って、柴谷の納得いく写真を撮るまで。これだけでもかなり苦戦した。

今年のアートコンテストのテーマにある『きみが生きる世界』というのは、いったい何なのか。それを伝えるには、どんな作品なら良いのか。

どの部分を写真で表現して、どこを絵で表現するのか。たくさん話し合って、お互いに技術を高める毎日だった。夏休みも毎日のように顔を合わせて、何度も何度も納得がいくまでやり直した。

完成させてもなんだかしっくりこなくて最初からやり直したこともあった。

それも、明日で一区切りつく。

以前成し得なかったことを、明日、やっと成し遂げることができる。

去年とはまったく違う気持ちで、わたしはここにいる。

柴谷のカッターシャツの白が、鮮やかな空によく映える。美術倉庫には、わたしの作品が何枚も増えた。もちろん、柴谷が撮る写真も。

美術倉庫に入って、【葉瀬紬】と書かれたコーナーからいくつか新しい作品を引き出す。

一時期、柴谷がカメラを構えなくなったときがあった。もう一度コンテストに挑戦すると約束してから迎えた春のこと。

カメラを持つだけで、決してファインダーを覗くことはなかった。

理由を聞けたのは、ほんのり開花を待つ桜のにおいがするような、そんな日だった。

『写真を撮るのが……こわくなった』

そんな弱音をこぼした彼。

『コンテスト作品の案が思いつくか分からないんだ。盗作先のコンテストで紛れもなく評価された葉瀬の絵と、俺の写真は違う。俺はこのコンテストで評価されなかったら、本当に何もなくなってしまう。葉瀬の足を引っ張ってしまうかもしれない』

ぽつりぽつりと洩らされる声は弱々しく、消えてしまいそうだった。いつもわたしを導いて、助けてくれた彼がはじめてこぼしてくれた弱さだった。

彼が抱えていた思いと弱さを受け取ったあと、そんな彼を連れて、雨の降る街を一緒に走った。雨に包まれた美しい街を見せて、もう一度写真を撮りたいと思ってもらうためだ。

これはその日の夜に描きあげた絵。

傘をさしていることなど意味ないくらい、ずぶ濡れになりながらふたりで街を駆け回った。光る雨粒や、跳ねる水飛沫《しぶき》の煌《きら》めき。

同じ温度の世界をとなりで眺めて、こんなに綺麗なんだと再認識した。

次のキャンバスを見つめる。

今年の夏、一緒に花火大会に行った。コンテストのための勉強だと、意味の分からない言い訳を添えて。

結局、たくさんの屋台の魅力に負けて、普通にお祭りを満喫してしまった。ふたりで見た花火は、思わず泣きそうになるほど美しかった。

これは、そのときに描いた作品。

これらを見るたびに、わたしはその時のにおいや音を鮮明に思い出すことができる。

作品の前に戻って、筆を握った。この先を描《えが》けるのは、わたしだけだ。

完成は明日。柴谷がこの日がいいと希望したのだ。

何か特別な意味があるのかもしれないけれど、目まぐるしくすぎてゆく時間のなかで、理由をいちいち考えている余裕などなく、あまり気にしていなかった。

頑張れば今日中に描き終えることもできるけれど、明日のために敢えて未完成な部分を残して作業を終えた。

わたしたちの〝未完成〟が出来上がるまで、あと一日。

迎えた完成予定日。

いつかの朝のように、息をひそめてすばやく準備をした。両親はまだ寝ている。

こんなに早く起きるのは久しぶりだった。

今日はできるだけ通常の日と同じ時間に待ち合わせる。それが柴谷との約束だった。

緊張で鼓動が強くなるのを感じながら、前もって用意していた朝食をとる。

ふと目に入ったリビングのカレンダーには、今日の日付に大きな花丸がされている。

きっと書いたのはお母さんだ。

両親を起こさないよう静かに玄関のドアを閉め、そっと家を出た。

学校に着くと、柴谷はもう〝いつもの場所〟にいた。

おはよ、葉瀬。

わたしはその言葉が彼から告げられるのを待っていた。久しぶりに聞くその言葉を楽しみにしながら、通学路を歩いた。

好きな人に会いたいと考えながら学校に向かうって、こんなに幸せなことなんだと噛みしめながら。

けれど、今日の柴谷からつむがれた言葉は、いつもとは違う言葉だった。

彼の透明な瞳がわたしを見つめる。

出会ったころよりも柔らかい、どこか懐かしい瞳だった。

「誕生日おめでとう、紬」

え、と声が洩れる。

予想外の言葉に一瞬、思考回路が停止する。

そうか、今日は。

わたしの。

家のカレンダーの花丸を思い出す。

そうだ、わたしの誕生日はコンテスト締め切りに近い夏の真ん中。

作品を仕上げなきゃということで精一杯で、すっかり忘れていた。

わたしが生まれた日を。

「ありがとう、柴谷」

微笑むと、柴谷はわたしのもとへ近寄った。距離がグッと近くなる。

目線を上げたすぐそばに、彼の綺麗な目があった。

「完成させよう。俺たちの未完成を」

うん、とうなずいて筆を持つ。

柴谷と過去のわたしがはじめて出会ったとき、公園で柴谷が撮ってくれた写真。柴谷が撮ろうとしていた桜の花びらがひらひら舞うなか、乱入した過去のわたしは笑顔を浮かべていた。そして、過去のわたしが柴谷に向けて描いた彼の絵。色塗りが未だされていない、白黒で未完成な絵のなかの彼は、真剣な瞳でファインダーからこちらを見つめていた。

同じ瞬間を、それぞれが絵と写真で表現している。

現像ができないまま、色が塗られないまま、未完成のまま放ったままのふたつが今、ひとつになる。

柴谷が新たに撮った、たくさんの景色のカラー写真を貼っていく。凛と張った朝の空気や、雨に濡れる世界や、美しい紅に染まる楓《かえで》の葉。モノクロだった過去の写真に、今度は色鮮やかな写真が加わっていく。

息を吸って、筆を持つ手に力を込めた。

今、はじめて、背景に色をのせる。

暗い色じゃない。今のわたしの世界は、くすんでいなくて、とても美しい。

ピンク色の桜が舞って、真っ青な空が広がっている。七色の虹がかかり、太陽の光がモノクロのわたしたちに差し込んだ。

鮮やかに彩っていく。色づいていく。

わたしたちの、未完成な世界が。

最後の花びらを塗り終わり、ゆっくりと筆が作品から離れる。そっと筆を置く。その瞬間、込み上げてきた涙が頬を伝って床に落ちた。となりにいる柴谷を見上げると、彼も同じように透明な涙を流していた。

「完成した……できた……」

柴谷は静かに泣いていた。心から、この日を待ち望んでいたように。

一瞬、指先が触れる。それからしばらくして、気づけば手を繋いでいた。

この作品を作りだしてくれたお互いの手に、ありがとう、と。

感謝の思いを伝えるように。

「葉瀬。俺と、もう一度挑戦してくれてありがとう」

「柴谷こそ。わたしのことを受け入れてくれて、もう一度前を向かせてくれて、ありがとう」

一年前のわたしは、絶望していた。何をするにも周りの目が気になって、自分の運命から逃げようとしていた。

わたしの中の世界は、いつも息苦しかった。

けれど、そんな息苦しい世界を、彼が変えてくれた。

「この作品が完成したら、今度こそ言おうって決めてた。だから今、伝える」

静かに息を吸った柴谷は、繋いだ手にそっと力を込めた。朝の澄んだ空気がわたしたちを取り囲んでいる。

　凛とした光が、まっすぐにわたしを見ていた。

「好きだ」

　たった三文字。それだけで一気に体温が上がった。

「もちろん前の葉瀬のことも好きだったけど、今の葉瀬のほうがもっと好きだし、となりにいたいって思う。俺はずっと、お前のこと見てた」

「本当に、今の、わたしを……？」

「そうだよ。俺は二回、葉瀬のことを好きになった」

　前のわたしとは対照的。それなのに、彼はもう一度わたしに恋をしてくれたのだろうか。

「……最初は、もしかしたら記憶が戻るかもしれない、前の葉瀬が戻ってくるかもしれないって思ってた。俺はずっと葉瀬に、自分の気持ちを正直に話してほしかった。だからはじめて俺に悩みを打ち明けて、涙を流してる姿を見たとき、確信したんだ。やっぱり俺は、お前のことが好きだって」

　柴谷は照れたように笑いながら言葉を続ける。

「一緒にもう一度コンテストに挑戦しようって言ってくれたとき、前の葉瀬も今の葉瀬も、どっちも大切にしたいと思った」

「じゃあ、柴谷は」

「毎日必死に生きていて、死にそうな顔をしながら頑張って前を向こうとしていて、繊細で、人のことによく気づけて、赤坂のこと許せて、俺にもう一度夢を与えてくれた、そんな今の紬が好きだ」

——わたしは君の心に触れられただろうか。

わたしは与えてもらってばかりなのに、君に何かしてあげられた？

「俺と付き合ってほしい」

前のわたしは聞けなかったその言葉を、今、わたしに告げられている。

止まっていたはずの涙がまたこぼれた。どうしてわたしの涙腺《るいせん》はこんなに脆《もろ》くなってしまったのだろう。

想いを言葉にしようとすると、唇が震える。

こんなに緊張するんだ。

周りの音が消えて、微《かす》かな息遣いだけに意識が持っていかれそうになる。

彼の透明な瞳には、わたしだけが、映っていた。

「わたしも……柴谷のことが好き」

嬉しいこと、楽しいこと、そういうことをいちばんに伝えたくて、共有したくなるのが好きな人だと思っていた。だけど、きっとそれは違う。

つらいこと、悲しいことがあったとき、その弱さや苦しさをまっさきに見せて、ありのままの自分で助けを求められる存在こそが、わたしにとっての好きな人なのだ。

柴谷は、そのまま静かにわたしを引き寄せた。

密着した身体。耳にかかる小さな吐息に鼓動が速くなっていく。

抱きしめられたせいで真っ暗になった視界。机に伏せていたときとは全然違う。

あのときの冷たさとは真逆で、ただただただあたたかい。

生きてるんだ、って実感できる。

今なら、ずっと言えなかったわたしの気持ちを、素直に伝えられる気がした。

「柴谷のとなりで、ようやく息ができた気がした。本当のわたしを探してくれて、見つけてくれて——ありがとう」

ずっと、息苦しかった。きっと自ら命を絶《た》とうとする前も、死に損なってしまってからの日々も。

それでも、柴谷はいつもわたしのとなりにいてくれた。

記憶も、性格も、まるっきりすべて失ってしまったわたしのそばに。

そっとわたしから身体を離した柴谷。

「作品の裏にタイトル書こうぜ」

柴谷に言われて、木枠にペンを走らせる。

何度も考え直した、ふたりの作品のタイトル。

わたしたちが生きる世界。それは。


【未完成な世界で、今日も君と息をする。】

――この未完成な世界で、わたしは今日も、柴谷と息をしていたい。

＊

「作品も完成したことだし、誕生日だからこのままどっか行くか」

「え」

「……出かけたいって言ってんだよ」

完成した作品を美術室に運び、学校を出ると、となりを歩いている柴谷がこちらを向いて言った。

なかなか素直になれない癖は、未だに健在のようだ。

「どこ行くの？」

「お前の行きたいとこ」

「えーっ、ちょっと待ってね。考える」

考えるそぶりをしていると、急に柴谷が立ち止まった。わたしも同じく足を止める。

「――……撮りたい」

「え？」

「今のお前、すげぇ撮りたい。いい？」

確認しながらも、拒否権なんてないみたいだ。持っていたケースからカメラを取り出して、構えようとする柴谷。

「ま、待って。急すぎてどんな顔したらいいのか……」

こうして写真を撮られるなんて滅多にないから、気恥ずかしくて、どうしていいか分からなくてアタフタする。

「いーよ。そのままで」

モデルのようなキメ顔はできないけれど、できるだけ綺麗に映りたい。

「ふ――――っ」

色々なことを考えていると、柴谷はいつものように大きく深呼吸した。

心の準備ができないままあわてて柴谷のほうを向くと、ファインダー越しに彼と目が合った気がして顔が強張る。

「顔固すぎだろ」

「だ、だって」

呆れたように笑ってカメラを下ろす柴谷。

『もしこの先ポートレートを撮ることがあったら……撮れるときがきたら。最初の被写体はもう決めてるから』

『誰？』

『好きなやつ』

ふとそんな会話がよみがえってきて、途端に頬が熱くなる。

わたしを見ていた柴谷の唇が、わずかに動いた。

「紬」

名前呼びって、ずるい。顔を真っ赤にしている自覚がある。

その瞬間、パシャッ――とシャッターが切られて、カメラから顔を上げた柴谷とまっすぐに目があった。

「今っ……いま、撮った？」

「撮った」

あんまりだ。わたしの照れ顔なんて需要のかけらもない。

満足げに笑っている様子を見るかぎり、消して、って言っても聞いてくれないのだろう。

「――」

ずっと呼べなかった、彼の名前を呼んでみる。

すると今度は、彼のほうが顔を赤くする番だった。

お返しにスマホを構える。

いつのまにか、わたしのカメラロールは彼でいっぱいになっていた。

「あのね、柴谷」

写真を撮り終えてから、言わなければならないことを思い出して、柴谷に向き直る。

いつまでも黙っているわけにはいかなかった。

「ずっと隠してきたものがあるの」

そっと左腕を押さえる。何とは明確に言わずとも、以前のわたしが生きるためにしていた行為だと分かる。

柴谷の顔を見ると、分かっているといったように強くうなずかれた。

このことも彼は知っていたんだ、と。それでも何も言わずにいてくれたのだ、と。

じわりと心があたたかくなる。

ずっと謎だった。誰にも見せたくなくて、隠し続けていた。

「……わたしは、頑張ってたんだと思う。わたしはこの傷痕と一緒に生きていく。だから、柴谷も」

「もちろん受け入れてるよ、最初から」

柴谷が一歩近づいて、わたしを抱きしめた。過去の傷まるごと受け止めるように。

「前の葉瀬の記憶は」

腕の中に閉じ込められているせいで、視界はまっ暗。それなのに、わたしの全身を包む彼のぬくもりが、たしかな安心感を与えてくれる。

「今は存在してねぇかもしれないけどさ」

「……うん」

「俺が、憶えてるから。ぜんぶ」

「――……っ、うん……っ」

「なかったことには、ならないから」

この先、記憶は戻らずにわたしの日常は続いていくかもしれない。けれどきっと、それまでの出来事や言葉、想いは誰かに届いている。それは一生消えることはない。

静かに身体を離した柴谷は、わたしの顔を見て、ふわりと笑った。

それは今まで見たなかで、いちばん優しい笑顔だった。


過去のわたし、聞いていますか。

つらくて、しんどくて、逃げ出したくて仕方なかったわたし、わたしの声が聞こえますか。

正直、記憶を失ってからもつらいこと、苦しいこと、悲しいことがあったけれど、わたしはなんとか乗り越えられました。それは彼が——柴谷がいたから。

「行くか」

「うん」

「誕生日デートとかしたことねぇけど……ま、楽しませるんで。よろしく」

彼のとなりで、はじめてちゃんと息ができたような気がした。ずっとずっと息苦しかった毎日が、彼のおかげで変わっていった。

きみがずっと言えなかった、本当の気持ち。明るく振る舞っていたらしいきみが、心の奥底にしまっていた想い。前の自分のことなのに、わたしにはすべては分かりません。

だけど今は、ちゃんと吐き出せるようになりました。

本当の気持ちを、言えるようになりました。

わたしはこれからも生きていきます。

彼のとなりで息をして、きれいなものをこの目で見ながら。

彼が映し出す未完成な世界を、一緒に。

「紬、手」

「え」

「手、出せよ」

過去のわたし、聞こえますか。

彼に片想いをしていたわたし、この声が聞こえますか。

「やっぱり柴谷の手はあったかいね」

「お前が冷たすぎるんだよ」

「えー？　そうかなぁ」

今日、わたしね。

きみがずっと言えなかったこと、彼にちゃんと伝えられたよ。


〈了〉

番外編　光に満ちた世界で、今日もキミの名前を呼ぶ。

通学路の桜のつぼみが、少しずつ開花しているのを眺めながら、俺は休日も学校へと足を運んでいた。

夏に開催されるアートコンテスト作品の構想を練るためだ。空は曇天で、もしかすると雨が降るかもしれない、とぼんやり思う。

学校に着き、薄暗い校舎をうろうろ彷徨っていると、ふと廊下に飾られた絵が目に入った。

暗い夜の道に、美しい月明かりに照らされた雪が降り積もっている。絵の下のプレートには【葉瀬紬】という名前が記されている。どく、と心臓が音を立てた。

もう一度コンテストに挑戦しようと約束したあと、葉瀬は美術部に復帰した。これは、新たな葉瀬が描いた絵なのだ、と理解する。

繊細な絵のタッチも、心に強く訴えかけてくる力強さも、変わらずに存在していた。

けれど今までとは違う部分があった。

プレートに近づいて、作品のタイトルを目で追う。

【雪明かり】

前の彼女は、明るい色が使われた絵にも、暗いイメージのタイトルをつけていた。

けれど今の彼女は、こうして光あるものに目を向け、それを描くことができるようになっている。彼女は確実に、前に進んでいる。

じっくりと絵を見てから、俺は再び歩き出した。

この学校で、俺はさまざまな写真を撮った。

けれど今は、しばらくカメラを構えていない。葉瀬を前にすると、約束したときのことを思い出してカメラを構えなければという気持ちがかき立てられるけれど、どうしてもファインダーをのぞくことができなかった。

コンテスト締め切りは夏。『きみが生きる世界』というテーマを、写真と絵で表現する。けれど、春を迎えつつある現在も未だ構想は固まっておらず、じりじりと焦りばかりが募ってしまうのだ。そして、ずっと写真と向き合っていると、ふとした瞬間に、たまらない不安が押し寄せてくる。

葉瀬の盗作された絵は、思っていたかたちとはまったく違っていたけれど、それでもたしかに評価されたのだ。大賞、と輝かしい評価が彼女の絵にはある。

でも俺には、何もない。

もし、俺の写真が彼女の足かせになってしまったら。そう思うとこわかった。

再び絵を描けるようになった彼女には、明るい未来が広がっている。けれど、俺はこのコンテストで評価されなかったら、本当に何もなくなってしまう。

自信も、価値も、すべて。

コンテストに挑戦してほしいと頼んで、もう一度葉瀬と頑張る決意をしたのに、それでも俺はまだこうして迷っている。

前を向こうとするたびに、漠然とした不安に襲われるのだ。

葉瀬が自殺を図ったと聞いた時、病院に向かいながら、身体の震えが止まらなかった。

もう二度と、話せなくなってしまったら。顔を、見ることができなくなってしまったら。

そんな恐怖にのみ込まれそうになっていた。

どくどくと脈打つ鼓動が、暗い廊下に鳴り響いている気がする。このまま校舎を彷徨っていても、アイデアなどひとつも浮かびそうにない。

こうして休日もたまに学校に来てはいるけれど、やはり葉瀬がいなければ湧き上がるアイデアの幅も狭くなってしまう。かといって、ずっと悩んでいた家族関係がようやく改善しだした葉瀬の時間を奪いたくもなかった。

悶々としていても、どうにもならない。

空き教室に戻って荷物を取ったら今日は帰ろう。

そう思い、踵《きびす》を返した時だった。

「柴谷」

急に前から声がして、驚いて視線をあげると、そこには葉瀬がいた。いつもは結んでいる髪を下ろしていて、まるで別人のような雰囲気を漂わせている。

「……なん、で」

驚いていると、彼女は無言のまま近づいてきて、それからぐっと俺を見上げた。数秒の沈黙の後、彼女はふっと笑顔になる。

「会いたくなったから。だから、会いにきた」

向けられた笑顔のまぶしさに、思わず目を逸らしそうになった。心臓がばくばくと鼓動を速めていく。

「……なんだそれ」

「ねえ、柴谷。どうして写真、撮らないの？」

するり、と心の内側に入ってくる。昔から、葉瀬はこうだった。

よく澄んだ瞳と目が合う。

彼女を前にすると、どんな弱さも、すべてさらけ出したくなってしまう。

自然と言葉が口をついた。

「写真を撮るのが……こわくなった」

その日、俺の弱さを、彼女はすべて受け止めてくれた。

＊

「雨だ……」

俺の吐露が終わると同時に、空から降ってきた雨を見ながら、葉瀬がつぶやいた。

学校に来た時から曇天だったので、ある程度予想はしていた。

しばらく空を眺めていた葉瀬が、いきなり俺を振り返って、

「外行かない？」

と笑みをこぼす。その突飛さが、どこかかつての葉瀬に似ていた。

「雨なのに？」

「雨だからだよ。柴谷、傘持ってる？」

困惑しながらうなずくと、葉瀬は「じゃあ行こっか」と言って昇降口へと歩き出した。迷いなく進んでいくその背中に声をかける。

「濡《ぬ》れるだろ、お前」

「大丈夫。それよりも、柴谷が写真撮れなくなるほうが深刻だと思うから」

昇降口で薄ピンクのビニール傘をさした葉瀬が、一歩前に出て校舎の屋根から外れた。

とたんに雨が葉瀬の傘に打ちつけて、ぱらぱらと音を立てる。

「柴谷」

くるりと葉瀬が振り返る。ビニール傘についた水滴が、葉瀬の動きに合わせて地面に落ちる。その雫《しずく》はまるで、きらきら輝く宝石のようだった。

気がつけば、俺も傘をさして雨の世界に飛び込んでいた。

「柴谷、ついてきて」

そう言って、葉瀬が走り出す。学校のゆるやかな坂を下り、塀と塀の隙間を通る。それでも走るのをやめない葉瀬についていく途中で、軒下《のきした》で雨宿りをする猫を見つけた。一瞬足を止めた葉瀬が少しかがんでから、再び前を向いて走り出す。

徐々に開花して少しずつ花びらをつけている桜が、公園で雨に打たれている。足元に目を向けると、石ころが水たまりに浸かっていた。水たまりに反射して映った薄暗い雲がゆらゆらと揺れている。

住宅地を抜け、階段を駆け上がる。

階段の最上段にたどりついた葉瀬は、傘を差したまま足を止めた。

降り続ける雨が、徐々に制服や髪を濡らしていく。

こういうの、葉瀬はけっこう気にするんじゃないだろうか。

いくら俺のためとはいえ、雨で汚れるのは、あまりいい気分ではないはずだ。

そう思って葉瀬を見ると、案の定、彼女の髪は雨に濡れていた。

俺に背を向けている葉瀬が、「柴谷」と俺を呼ぶ。二度と呼ばれることはないかもしれないと不安になった響きを、俺はこうしてもう一度聞くことができている。

静かに息を吐いて、葉瀬が振り返る。髪先と頬に光る水滴が見えた。

髪も肌も、何もかも濡らしてしまう雨は、一般的には望まれない天気なのかもしれない。けれど、いま目の前にいる彼女は、雨に濡れてもなお、とても美しかった。

──ああ、撮りたい。

猛烈にそう思う。この瞬間、カメラを持ってこなかったことをひどく後悔した。

何度不安に駆られても、写真を撮りたくないと思う日がきても、きっと俺はこの先も変わらずカメラを構えているのだろう。

一度強く好きだと思ってしまえば、多少心が弱って揺り動かされたとしても、何度でも同じ結論に戻ってくる。

俺は写真が好きなのだ。どうしようもないほどに。

「きれいだね……また、描きたいものが増えた」

ほら後ろ見て、と葉瀬が指をさす。その指先を追って振り返ると、そこには雨を反射して光る街が広がっていた。雨のなか、夢中で走っていたときの景色がよみがえる。

そのときはこんなふうに明るく見えなかったのに、こうして見下ろしてみると、街全体が雨に包まれて光り輝いている。

この瞬間を今すぐ閉じ込めてしまいたい。強く、つよくそう思った。

そのとき、傘に打ちつけていた雨の音がしだいに弱くなり、消えた。

「雨、上がったね」

いつのまにかとなりに並んでいた葉瀬が、そうつぶやいて傘を閉じる。雨が上がって少しずつ明るさを取り戻していく空を見ると、そこには大きな虹が架かっていた。

曇天を切り裂くように、雲の隙間から光が差し込む。

学校に戻ったら、すぐにカメラを手に取ってファインダーを覗こう。

この美しさを、少しも逃さないように切りとるのだ。

「撮りたくなったでしょ？」

こちらを見ている葉瀬と目が合う。その目は「写真、好きでしょ？」と俺に強く再確認させるような、確信を持った目だった。

一度は生命を絶つ原因になった絵を、再び描いている彼女のように。

俺もまた、嫌いになるたびに写真の魅力を知り、嫌だと思うたびに世界の美しさを知り、そのたびにシャッターを切りたいと心から思うのだろう。

二歩後ろに下がり、手で四角をつくる。そのなかに、雨に濡れた街を背景に微笑む葉瀬を入れた。

「柴谷、何してるの？」

「――……やっぱ、好きだな」

葉瀬の質問に答える前に、つい言葉が洩れた。驚いたように目を丸くしていた葉瀬は、少ししてからまたふわりと笑う。柔らかく、おだやかで、葉瀬の心からの笑みのように思えた。

「ありがとな」

言葉が自然と口をついた。その瞬間、まばゆい光に照らされて目を細める。雲が流れて、真っ白な光が空から降り注いでいた。

「どういたしまして。じゃあ、雨も上がったことだし、そろそろ戻ろっか」

軽い足取りで階段を下りていく葉瀬の後ろ姿を見つめる。

「葉瀬！」

思わず呼びかけると、葉瀬が振り返る。黒い髪がさらりと揺れた。

雨を反射するように、きらきらと輝く葉瀬の瞳のなかに俺が映っている。

それだけの事実が、たまらなく嬉しかった。

「なんでもない」

「ふふ、なにそれ」

葉瀬はここにいる。生きている。

俺の好きな葉瀬は、ここにちゃんと存在しているのだ。

「行くよ、柴谷」

「おう」

階段を下りながら俺を呼ぶ葉瀬に、力強く返事をした。

『もしこの作品が完成したら……そしたら――』


キミに伝えたいことがある。

ずっと、ずっと言いたかったことがある。

撮りたい人がいる。

――この光に満ちた世界で、俺は今日も、葉瀬の名前を呼びたい。

だから俺は、絶対にこの未完成を完成させてみせる。

この先もずっと、ふたりで息をするために。


〈了〉

あとがき

はじめまして、如月深紅《みく》です。この度は、数ある書籍の中から『未完成な世界で、今日も君と息をする。』をお手に取っていただき、誠にありがとうございます。

皆様は、ずっと言えずに隠していることはありますか。ささいなことから大きなことまで、少なからず私たちは人には言えない何かを抱えているのではないでしょうか。

本作の主人公である紬や、紬のそばにいてくれる柴谷、友人の夕映や燈など。書籍化にあたり、私はこの作品と向き合う中で、たくさんの登場人物とも向き合ってきました。そして彼らは、それぞれがたくさんの想いや悩みを抱えていました。

人間関係はとても難しく、うまくいく時期もあれば、急にすれ違ってしまったり、気まずくなってしまうこともあります。その度に向き合うことをやめて、相手のせいにしてしまいそうになることもあるかもしれません。

けれど一方からの視点だけではなく、さまざまな視点から見てはじめて気づくこともある。私は本作を執筆しながら、そのことを強く実感しました。

小説では他者視点から物語を追うことができます。人物ごとの心の内を知ることができます。けれど、私たち人間はそうではありません。人の気持ちも、自分の気持ちも、勝手に分かり合えるわけではありません。

だからこそ、言葉にして相手に伝えてほしいと思うのです。言えずに隠していた想いを伝えてみてはじめて、見えてくる何かがあるかもしれません。漠然とした不安に駆られたり、息苦しく感じる日々を過ごしている皆様が、心地よく息をして、この世界を生きていく。

本作がそのきっかけとなれば嬉しいです。


最後になりましたが、本作の制作にあたり、ご尽力いただきました担当様をはじめとする編集部の皆様、ＴＳＵＴＡＹＡ賞に選出いただきましたＴＳＵＴＡＹＡ様、丁寧かつ的確な指示をしてくださったライター様や校正様、世界観の深みが増す美しい装画を担当してくださったＬＯＷＲＩＳＥ様、コンテスト時代から応援してくださった方々、Ｋ先生、Ｙちゃん、家族、そして本作に出会ってくださった読者様。

本作に関わってくださった皆様、如月の支えとなってくださった皆様に、心より感謝申し上げます。本当にありがとうございました。

この世界で息をしているすべての皆様に、たくさんの幸せとご縁が訪れますように。

二〇二五年　一月二十八日　如月深紅

この物語はフィクションです。実在の人物、団体等とは一切関係がありません。

如月深紅先生へのファンレターのあて先
〒104-0031　東京都中央区京橋1-3-1　八重洲口大栄ビル7F
スターツ出版（株）書籍編集部 気付
如月深紅先生

未完成な世界で、今日も君と息をする。

2025年1月28日　初版第1刷発行

著　者　　如月深紅　©Miku Kisaragi 2025

発 行 人　菊地修一
デザイン　フォーマット　西村弘美
　　　　　カバー　齋藤知恵子
発 行 所　スターツ出版株式会社
　　　　　〒104-0031
　　　　　東京都中央区京橋1-3-1　八重洲口大栄ビル7F
　　　　　TEL　03-6202-0386　（出版マーケティンググループ）
　　　　　TEL　050-5538-5679（書店様向けご注文専用ダイヤル）
　　　　　URL　https://starts-pub.jp/
印 刷 所　大日本印刷株式会社

Printed in Japan

ISBN　978-4-8137-1694-5　C0193

スターツ出版文庫　好評発売中!!

『きみは溶けて、ここにいて』　青山永子《あおやまえいこ》・著

友達をひどく傷つけてしまってから、人と親しくなることを避けていた文子。ある日、クラスの人気者の森田に突然呼び出され、俺と仲良くなってほしいと言われる。彼の言葉に最初は戸惑う文子だったが、文子の臆病な心を支え、「そのままでいい」と言ってくれる彼に少しずつ惹かれていく。しかし、彼にはとても悲しい秘密があって…？　「闇を抱えるきみも、光の中にいるきみも、まるごと大切にしたい」奇跡の結末に感動！　文庫限定書き下ろし番外編付き。

ISBN978-4-8137-1681-5／定価737円（本体670円+税10%）

『君と見つけた夜明けの行方』　微炭酸《びたんさん》・著

ある冬の朝、灯台から海を眺めていた僕はクラスの人気者、秋永音子に出会う。その日から毎朝、彼女から呼び出されるように。夜明け前、2人だけの特別な時間を過ごしていくうちに、音子の秘密、そして“死”への強い気持ちを知ることに。一方、僕にも双子の兄弟との壮絶な後悔があり、音子と2人で逃避行に出ることになったのだが──。同じ時間を過ごし、音子と生きたいと思うようになっていき「君が勇気をくれたから、今度は僕が君の生きる理由になる」と決意する。傷だらけの2人の青春恋愛物語。

ISBN978-4-8137-1680-8／定価770円（本体700円+税10%）

『龍神と許嫁の赤い花印五～永久をともに～』　クレハ・著

天界を追放された龍神・堕ち神の件が無事決着し、幸せに暮らす龍神の王・波琉とミト。そんなある日、4人いる王の最後のひとり、白銀の王・志季が龍花の街へと降り立つ。龍神の王の中でも特に波琉と仲が良い志季。しかし、だからこそ志季はふたりの関係を快く思っておらず…。永遠という時間を本当に波琉と過ごす覚悟があるのか。ミトを試そうと志季が立ちはだかるが──。「私は、私の意志で波琉と生きたい」運命以上の強い絆で結ばれた、ふたりの愛は揺るぎない。超人気和風シンデレラストーリーがついに完結！

ISBN978-4-8137-1683-9／定価704円（本体640円+税10%）

『鬼の生贄花嫁と甘い契りを七～ふたりの愛は永遠に～』　湊 祥《みなとしょう》・著

赤い瞳を持って生まれ、幼いころから家族に虐げられ育った凛は、鬼の若殿・伊吹の生贄となったはずだった。しかし「俺の大切な花嫁」と心から愛されていた。数々のあやかしとの出会いにふたりは成長し、立ちはだかる困難に愛の力で乗り越えてきた。そんなふたりの前に再び、あやかし界『最凶』の敵・是界が立ちはだかった──。最大の危機を前にするも「永遠に君を離さない。愛している」伊吹の決意に凛も覚悟を決める。凛と伊吹、ふたりが最後に選び取る未来とは──。鬼の生贄花嫁シリーズ堂々の完結！

ISBN978-4-8137-1682-2／定価781円（本体710円+税10%）

スターツ出版文庫　好評発売中!!

『妹の身代わり生贄花嫁は、10回目の人生で鬼に溺愛される』　編乃《あみの》 肌《はだ》・著

巫女の能力に恵まれず、双子の妹・美恵から虐げられてきた千幸。唯一もつ「回帰」という黄泉《よみ》がえりの能力のせいで、9回も不幸な死を繰り返していた。そして10回目の人生、村きっての巫女である美恵の身代わりに恐ろしい鬼の生贄に選ばれてしまう。しかし現れたのは"あやかしの王"と謳われる美しい鬼のミコトだった。「お前は運命の――たったひとりの俺の花嫁だ」美恵の身代わりに死ぬ運命だったはずなのに、美恵が嫉妬に狂うほどの愛と幸せを千幸はミコトから教えてもらい――。

ISBN978-4-8137-1655-6／定価704円（本体640円+税10%）

『初めてお目にかかります旦那様、離縁いたしましょう』　朝比奈希夜《あさひなきよ》・著

その赤い瞳から忌み嫌われた少女・彩葉には政略結婚から一年、一度も会っていない夫がいる。冷酷非道と噂の軍人・惣一である。自分が居ても迷惑だから、と身を引くつもりで離縁を決意していた彩葉。しかし、長期の任務から帰還し、ようやく会えた惣一はこの上ない美しさを持つ男で…。「私は離縁する気などない」と惣一は離縁拒否どころか、彩葉に優しく寄り添ってくれる。戸惑う彩葉だったが、実は惣一には愛ゆえに彩葉を遠ざけざる"ある事情"があった。「私はお前を愛している」離婚宣言から始まる和風シンデレラ物語。

ISBN978-4-8137-1656-3／定価737円（本体670円+税10%）

『余命わずかな私が、消える前にしたい10のこと』　丸井《まるい》とまと・著

平凡で退屈な毎日にうんざりしていた夕桔は、16歳の若さで余命半年と宣告される。最初は落ち込み、悲しむばかりの彼女だったが、あるきっかけから、人生でやり残したことを10個、ノートに書き出してみた。ずっと変えていなかった髪型のこと、疎遠になった友達とのこと、家族とのこと、好きな人とのこと…。それをひとつずつ実行していく。どれも本当にやろうと思えば、いつだって出来たことばかりだった。夕桔はつまらないと思っていた"当たり前の日々"の中に、溢れる幸せを見つけていく―。世界が色づく感動と希望の物語。

ISBN978-4-8137-1666-2／定価726円（本体660円+税10%）

『死神先生』　音《おと》はつき・著

「ようこそ、"狭間の教室"へ」――そこは、意識不明となった十代の魂が送られる場所。自分が現世に残してきた未練を見つけるという試験に合格すれば、その後の人生に選択肢が与えらえる。大切な人に想いを伝えたい健人、自分の顔が気に入らない美咲、人を信じられない雅…事情を抱えた"生徒"たちが、日ごと"死神先生"の元へやってくる。――運命に抗えなくてもどう生きるかは自分自身で決めていい。最後のチャンスを手にした若者たちの結末は…？「生きる」ことに向き合う、心揺さぶる青春小説。

ISBN978-4-8137-1664-8／定価748円（本体680円+税10%）

スターツ出版文庫　好評発売中!!

『妹に虐げられた無能な姉と鬼の若殿の運命の契り』　小谷《こたに》 杏子《きょうこ》・著

幼い頃から人ならざるものが視え気味悪がられていた藍。17歳の時、唯一味方だった母親が死んだ。『あなたは、鬼の子供なの』という言葉を残して――。父親がいる隠り世に行く事になった藍だったが、鬼の義妹と比べられ「無能」と虐げられる毎日。そんな時「今日からお前は俺の花嫁だ」と切れ長の瞳が美しい鬼一族の次期当主、黒夜清雅に見初められる。半妖の自分に価値なんてないと、戸惑う藍だったが「一生をかけてお前を愛する」清雅から注がれる言葉に嘘はなかった。半妖の少女が本当の愛を知るまでの物語。

ISBN978-4-8137-1643-3／定価737円（本体670円+税10%）

『追放令嬢からの手紙～かつて愛していた皆さまへ　私のことなどお忘れですか?～』　マチバリ・著

「お元気にしておられますか？」――ある男爵令嬢を虐げた罪で、王太子から婚約破棄され国を追われた公爵令嬢のリーナ。5年後、平穏な日々を過ごす王太子の元にリーナから手紙が届く。過去の悪行を忘れたかのような文面に王太子は憤るが…。時を同じくして王太子妃となった男爵令嬢、親友だった伯爵令嬢、王太子の護衛騎士にも手紙が届く。怯え、蔑み、喜び…思惑は違えど、手紙を機に彼らはリーナの行方を探し始める。しかし誰も知らなかった。それが崩壊の始まりだということを――。極上の大逆転ファンタジー。

ISBN978-4-8137-1644-0／定価759円（本体690円+税10%）

『余命一年　一生分の幸せな恋』

「次の試合に勝ったら俺と付き合ってほしい」と告白をうけた余命わずかの郁（『きみと終わらない夏を永遠に』 miNato）、余命を隠し文通を続ける楓香（『君まで1150キロメートル』永良サチ）、幼いころから生きることを諦めている梨乃（『君とともに生きていく』望月くらげ）、幼馴染と最期の約束を叶えたい美織（『余命三か月、「世界から私が消えた後」を紡ぐ』湊 祥）、――余命を抱えた４人の少女が最期の時を迎えるまで。余命わずか、一生に一度の恋に涙する、感動の短編集。

ISBN978-4-8137-1653-2／定価770円（本体700円+税10%）

『世界のはじまる音がした』　菊川《きくかわ》あすか・著

「あたしのために歌って！」周りを気にしてばかりの地味女子・美羽の日常は、自由気ままな孤高女子・楓の一言で一変する。半ば強引に始まったのは、“歌ってみた動画”の投稿。歌が得意な美羽、イラストが得意な楓、二人で動画を作ってバズらせようという。自分とは正反対に意志が強く、自由な楓に最初こそ困惑し、戸惑う美羽だったが、ずっと隠していた“歌が好きな本当の自分”を肯定し、救ってくれたのもそんな彼女だった。しかし、楓にはあるつらい秘密があって…。「今度は私が君を救うから！」美羽は新たな一歩を踏み出す――。

ISBN978-4-8137-1654-9／定価737円（本体670円+税10%）

書店店頭にご希望の本がない場合は、書店にてご注文いただけます。